奇幻系

天馬行空 破格創新

天行者出版
SKYWALKER PRESS

戰俘之逆
沈傲雪 著

目錄

推薦序

冷酷與熱情的奇妙合體

武俠小說作家　喬靖夫

「才華」這種東西，無法用言詞去形容，但是遇上就會認出來。

我在幾年前就讀過這部《戰俘之逆》的初稿，當時擔任第一屆「天行小說賞」的評審，而它是進入到決選階段的參賽作品。

為甚麼會特別記得？很簡單，因為我給了它最高分。

《戰俘之逆》是個帶有強烈社會意識的「敵托邦」（Dystopia）故事。寫政治諷刺主題的作者，心裡當然都有團火，卻也很容易過熱，變成藉助劇情宣洩。但是這部小說沒有，它掌握著極端的冷酷與熱情，混和成為一部奇特而充滿自信的作品；加上獨創的語言，還有劍走偏鋒的膽量，即使那份參賽初稿不無缺點，但在我眼中，才華與未來可能性，已然無可置疑。

《戰俘之逆》最終只在該屆小說賞裡獲得優異獎，沒有馬上得到出版機會。那次頒獎儀式，我特別想見沈傲雪，讓她知道我給了高分的事，並且對她說一句：「繼續寫下去。」

結果那天我也確實說了。我不知道這說話，對她有沒有產生甚麼效用。但是現在《戰俘之逆》終於成書，就是結果。

這部書出版之後，我也不知道沈傲雪將來的路會怎麼走。但是我對她還是那個期望：繼續寫下去，帶我們前往更多未知的領域。

序　蠅禍

聖堤，是一個只有近平方公里的小島國，人口只有50萬人。
這是一個沒有君主，沒有歷史，只有自由、歡笑的國土。
這裡沒有爭吵，沒有罪惡，是人類最舒適的淨土。
像這樣的樂土，卻充滿醜陋，充滿醜陋的烏蠅。
聖堤人稱之蠅禍。

蠅禍——鋪天蓋地的烏蠅覆蓋住聖堤，如同空氣的存在，無孔不入。成千上萬的烏蠅遮蓋了艷陽，遮掩了藍天，那「滋滋」的拍翅聲，心煩地從天壓下。一雙雙的紅眼，在一輛輛的汽車前劃出一道道交錯的紅軌，牠們在馬路上與車騁馳。

飛累了，有時就會成群結隊地飛到湖泊上，嘔心的毛腳，黏在水面，吸啜湖水。湖上，細小、密麻的黑點，從一點蔓延、擴散……霎間成了黑湖。學校的操場、甲級商廈的玻璃窗、軍營的貨車、研究所的露天廣場……全都被烏蠅佔領，染成漆黑。

蠅禍，從何時起？烏蠅，從哪裡來？

沒人知道。

每天的清晨，聖堤軍都會派出上百架軍機，在空中噴灑滅蠅藥。

烏蠅，飛起來，希望躲過每一場的大屠殺，可是，那致命的藥，讓他們殞落。

然而，一天還沒完，烏蠅又再湧現。

殞落……湧現……殞落……湧現……

聖堤人深信終有殺清的一天。

烏蠅用牠們紙薄般的翅膀逃亡。

或許這是人類和烏蠅的戰爭。

或許這就是殞落的戰俘。

輸給了人類的戰俘。

零　光之代

時光稍微由2057年倒退27年，回到仍未有蠅禍的時間。

2030年。

每個朝代、國家的更替，都是由叛亂、推翻、集權的齒輪運行，聖堤國也不例外。30年了，當初叛亂奪權的年青人，如今都是即將步入老年的掌權人。老人們總是擔驚受怕，害怕歷史重演、害怕那血與淚的更替。

於是掌權者計劃著那名為「戰俘之願」的實驗。

2030年至2040年，這一代人誕於聖堤國開始繁榮、穩定的時代，這十年的人給寄寓為「光之代」——期望更光明的未來。

「戰俘之願」的計劃希望以「光之代」為試點，最後推行至全國。因此計劃無聲無息地，在「光之代」間實驗著……

2035年，11月，聖堤國醫院。

「袁生、袁太！抱歉剛才忘了說，聖堤國規定剛出生的嬰兒，要在24小時內注射乙型肝炎和卡介苗的疫苗，防止傳染病傳播。」女護士跑來跟兩位說明，因為袁生袁太是從別的國家來的，對聖堤國的法規毫不清楚。

「啊？雅萍才剛出生就要打針嗎？」袁母不安地道。

袁生拍拍太太的肩，示意她看看育嬰室，那邊全是出生不足一天的寶寶，一位位的護士執著針筒，輪流在寶寶的身體上打了三枝疫苗。

「不是說卡介苗和乙型肝炎嗎？她打了……」袁生打斷袁太的疑問：「好了，別吵了！」他轉過頭來跟女護士說：「雅萍麻煩妳了。」

女護士點點頭，急忙走到育嬰室，抱起衣襟上掛著寫有「袁雅萍」名牌的嬰兒，一邊安撫寶寶，一邊跟同儕抱怨：「近期移民戶的孩子真多，我打針都打累了……疫苗都耗用得很快。啊，對了，第三針的疫苗呢？半小時前不是說用完了嗎？」

「剛送來了！」另一位男護士道，順手便遞給她針筒，女護士接過，對著雅萍又是一針，寶寶便哇哇大哭。

「啊，對了，剛才疫苗還沒送來，她還沒注射呢！」男護士指指另一邊的育兒玻璃箱，說：「幫忙。」

女護士「好。」了一聲，翻了翻「高雯」的名牌，就往嬰兒的手臂打了一針。隨後女護士急忙走回接待處，拿出一份蓋了聖堤國醫院的證明文件，然後跟袁氏夫婦解釋：「這是成功接種疫苗確認書，要向人民局出示這份文件才可以取得聖堤國民的證明書。」

聞言，袁太用半帶鄉音的聲線，嫌棄地反問：「甚麼？沒有接種文件，就沒身份證嗎？」

「對呢，這是聖堤國嘛，跟兩位從前的國家不同。」女護士仍耐心地說明。

一　A與B的被認識

聖堤國，2055年。

聖堤市中心的餐廳。

餐廳的時間被按下暫停鍵，凝結住食客的動作，唯一超越定格的是眾人的眼珠，它們打滾轉動，注視電視的午間新聞。

數十雙的黑眼珠，閃動著電視畫面的倒影，先是新聞女主播，鏡頭一轉，火叢劃亮黑瞳，熊熊火勢侵佔黑的倒影，食客的瞳孔裡猶如囚困住一隻隻張牙舞爪的火怪獸。忽然一隻纏火的大掌衝出火團，但很快，大掌被火熔解，化成煙。彷彿，火怪獸將人吃掉，被吃的人在牠的肚裡掙扎求救。

「唰！」火光驟熄，黑瞳回歸夜的平靜。

按下播放鍵，餐廳回復脈搏。

「哇，又一宗！」男食客咬住雞批說。

「好可怕……」對面的女食客仍未從新聞的餘波裡抽身。

「黐線，他們一定得罪了神！」老婦人的感慨卻惹來老伴的反駁：

「迷信，最可怕是人類！要說得罪的，都一定是得罪了人。」

「阿伯，你老啦，聽不清楚嗎？『在現場找不到任何縱火的物質』，得罪『人』的話不會如此。」

另一臺的粗漢道。

「嗯，太古怪啦。」坐在角落的食客，一邊攪拌咖啡，一邊加入討論：「燒剩一雙小腿對吧？」

「火那麼猛，甚麼都燒成灰啦！真怪，只剩一雙小腿。」伙計附和。

「壞人就該天罰！」老婦人搬出神論。

「食麵啦，嘈。」老伯此言，當頭棒喝，令眾人在奇聞中抽身，發生再怪的事日子也得過，吃飯的吃飯，飲茶的飲茶，回歸到老百姓的日常。

我叫Apple，袁雅萍，生於聖堤國2035年，現在20歲。我經常問自己，「光之代」是甚麼概念，聖堤崛起？科技發達？和平繁榮？每每思索，都得到相同的答案：打敗仗的時代。

我，是這個時代的戰俘，階下囚只擔心兩個問題，幾時被放生和幾時死，除此之外，一切奢侈。

現在我面對人生重大的抉擇。

眼前是一碗飯。白飯，唔，應該說灰色的白飯（大概混雜好幾款牌子的米），飯上躺著兩條枯黃的菜心，這餐的主角是一條只有鹹味的香腸，有時候是午餐肉或者火腿扒——這種叫「包伙食」。

吃？不吃？

每天都塞來一碗致癌伙食，是因為我是癌細胞，所以最配吃嗎？

癌細胞。肥老闆是如此稱呼我，他曾說：「妳這些社會癌細胞，竟然出低價萬六月薪搶飯碗，可憐人家上有高堂下有妻房，真是社會人渣！」

聽說，我的上一手，月薪一萬八，因為我「做爛市」，所以價低者得。呵，人渣。

「喂，癌細胞。」肥老闆閃身到眼前，開口就一道催命符：「吃了十五分鐘啦！快點！今日來了個新丁，五分鐘後過去教教他。」

「哦。」我只盯著那條結起一層冷油的香腸，思考吃與不吃的問題，腦裡卻疑問：教他？憑我？教甚麼？

「聽到嗎？」

「嗯。」

「教他怎用少一點洗潔精。」

「哦。」

「不是哦就是嗯，不會講人話？」

他不懂，這是戰俘的哲學，說太多會被槍斃，「話」只是用來表示懂得講話，表達意見或者想法，多餘。因為意見是異見，想法是非法。

我推開飯碗以示用餐完畢，實際上半口沒咬。離開樓面，穿回水鞋、防水圍裙、膠手套，穿過廚房走到後巷，回到工作崗位。後巷盡頭驚見一張年輕的陌生臉孔，比我更年輕，露出燦爛笑容，向我招手，應是那位新丁。

我沒有回應他的熱情，直走到膠凳坐下，打開水喉，注視幾十盆圍在腳邊堆得滿滿的、黏著油污的食具。

哎呀，人類呢，明明已經衝出地球，但為甚麼洗碗這工序卻如日出日落，千年不衰？是人類用來嘲笑人類的伎倆嗎？

想到此，我勾起一抹古怪笑容問新丁：「多大？」

「吓？」他聲線是成長尷尬的產物，半帶低沉又滲透青澀。

「年齡。」

「17。」

我皺眉凝視他，的確稚氣：「沒上學？」

「輟學了。討厭讀書，我想做廚師！」他的目光穿透時間的囚籠，飛翔到未知的里程碑。

我卻伸出戴著膠手套的食指，指向鐵門，用強姦憧憬的語氣道：「廚房在裡頭，現在你坐在後巷。」

「我很快就可以在入面打滾！每天都會經過廚房，可以偷師自學。我已經寫了幾百篇食譜，人家都說做工要由低做起……」

「老闆跟你說？」唉，找個人罵醒他吧！恐嚇社會新鮮人的真理跟洗碗一樣歷久不衰呢。

「啊？嗯，老闆說我沒經驗，若要學廚先要知道餐廳基本運作，好像只要從廚餘裡就能洞悉食客的口味。他說約一年後就讓我學廚，所以我要珍惜現在的機會！」

珍惜洗碗的機會？狗屁至極。

盆中的水蓄得滿溢，我彎下腰擦著碗碟，淡淡一句：「回學校吧。」想不到我也到了規勸後輩的年紀，這句話，對他說，也對我自己說，雖然未看破紅塵，但我已清楚，所謂的機會，只是拖延絕望的插喉機。

這句話似乎戳到他的痛處，換來尷尬的沉默。

冷戰似盆中的泡沫與油污的弒殺，直到晚上十一時，我解下圍裙脫下手膠，他才以「再見」打破僵局。

下班了。回家。家……

離開餐廳經過一條馬路，走進行人隧道，靠牆一邊是一列床褥，我在最前的一張躺下。攬住薄被，在床褥上側卧，今晚的秋風清涼，是伴睡的佳品。事實上我只有兩件家當：床褥和被子。晚矣，人影疏落，眼前只有幾雙皮鞋及高跟鞋偶爾穿梭，有序的步伐就似催眠師手裡的吊錶，引渡疲憊的我進入夢鄉。

夢應該是神明賜給人類最後的淨土，但為何，只要我閉上眼，看到的仍是那八十呎的煉獄。無止境的爭吵聲在一個長方的箱子中不斷迴盪加強迴盪，然後我從那「籠家」裡逃走，一直逃一直逃，直到我驚覺，無處可逃……

「喂！起來。」這男聲是神的救贖嗎？

我惺忪睜眼，是三名穿著灰色軍服的聖堤軍人，他們包圍我的床，俯視窩在被中的我。

不祥預感在胸口擴張。

「起來，身份證。」最高大的聖堤軍露出一張奸角的惡臉。

神的臉孔豈會如此猙獰？我認命地掏出身份證，他便一手搶去：「袁雅萍，二十歲。」說罷用眼神暗示下屬辦事，另一軍人便取出手掌大小的瓷製三角形，它瞄準我，發出機械聲：「全知眼正在啟動。」

「殊」一聲，瓷製三角形中心露出一隻眼，是一隻活生生的人類大眼，黑白分明，眼珠死盯著我，數秒，大眼突然闔上，然後又是一把機械聲：「數據生成完畢。」

撤回神秘的三角形便向他的頭領報告：「觸犯人類基因。」

聞言，為首的聖堤軍向手下點頭示意，他們便一左一右將我撈起，粗魯地強按到牆上道：

「小妹妹，藏毒很大罪。」

我被制服得動彈不得，只剩頭顱可以勉強扭過，咬牙質問：「藏毒？」

「懷疑妳藏毒，所以現在要搜妳身。」他一邊說一邊走近我，蹲下，大掌從褲管開始往上探索，由小腿到大腿內側……

搔搔癢癢引起的反感向大腦發出危險的訊號，我立即咆哮：「女軍人！要搜，找女性搜！」

「我就是女軍。有誰覺得我不是，就給阿sir站出來。」頂著男性的身軀無恥厥詞，我無助張望，凌晨時份沒有人影，隧道裡雖有同為露宿的「鄰居」，但聖堤軍一到來，他們就不約而同地翻身向牆「熟睡」。

忽然一陣嘔心的溫熱繞到我屁股上又擠又挪。

「喂！」我雙手拼命掙扎，卻掙不開雄性壓倒性的腕力。腳！剛想提腿，卻聽得旁邊的聖堤軍嗤笑：「踢啊？襲擊執法人員好啊，鎖妳回去再慢慢玩。」

小腿懸空僵住，膽怯地縮回地上。我狠狠的「嘖」聲洩忿，卻惹來進一步的侮辱，那雙手從股瓣繞到私處，再往上遊走，在柔軟的彈床上跳躍……

牆上留下兩道屈辱的指甲抓痕。

憑甚麼可以污辱我！

憤恨的目光四周投望，「鄰居」全都視而不見，雖然我還懷著卑微的希望——有人替我出頭，但我知道這是荒唐的念頭！墮落的公義，去死，全部去死！這群人，最好……！

我一雙殺人的目光咬住賤人。

此時，聖堤軍勾起一抹怪笑，又將神祕的三角形瞄準我，再次聽到那三角形的裝置發出機械聲：「戒備！即將進入篡改基因臨界點！」

「頭！毒品，搜不到。」在我胸脯踩躪的聖堤軍說。

「真可惜。」難道他真的懷疑我藏毒？就因我是露宿者？

「喂，我是聖堤市軍的小隊隊長。嗯，街口的隧道，有點髒，麻煩你們過來。」自稱小隊隊長的通話打斷我的思緒，身旁的軍員鬆開抓住我的手，退到後邊。

我疑惑皺眉，他們搜不到毒品知難而退嗎？正當我為他們的「慈悲」鬆一口氣時，隧道的出口傳來急速的「嘩啦」聲，循聲望去，驚見冷冽的水花從牆邊激開——兩名穿著水鞋的工人持水喉向牆噴射，無情的水炮聲混雜慌張的呼叫：「哇！走、快走！」、「全濕了！」、「半夜三更洗地！黐線！」……

「鄰居們」拖著濕答的家檔，撤離隧道。我的大腦結冰，仍未能運轉，耳畔便傳來嗡嗡的流水聲！當下我回神側望，一炮高壓水柱便瞬間襲臉，短短幾秒，濕淋的寒意如潑而至，黏答的髮絲、吮膚的濕衣，讓我清醒，剛才軍人口中的「有點髒」，是我。

水聲驟停，他們的目的已經達到，身下唯一的「財產」——成了「水被」和「水床」。

瞇眼冷視眼前維持「公義」的聖堤軍，他們的唇角微微上勾。

——「人渣。」

我已經記不清楚，究竟是說出口的話，還是在腦裡完成的發洩。只知道，名叫理性的意識好像在洞穴裡的殘燭，被陰冷的穴風吹熄，闇黑中，潛伏的怪獸突然醒來，亮出一排兇殘的獠牙！

我伸腿絆倒聖堤軍，一腳踩進他喉嚨深處，他痛苦呻吟，我扭擰腳尖，將他的叫聲強塞回肚裡，叫啊？叫啊！另一軍員見狀，便撲上增援，素無訓練的我，竟一手掐住他的雄頸，指甲狠狠地紮進，穿過厚實的肌肉，碰上生命的脈動，便勾起那根血管，往外一扯！爆裂的血引起小隊隊長的不安，他瞬間抽出手槍，對準我的太陽穴大喊：「別動！」他害怕，我聽得出他手震的聲音，啊，害怕的旋律真美妙，是極佳的糧食，我還嗅到慌張的荷爾蒙味道，嘻嘻，是美味，是珍饌吧？吃掉，讓我吃掉！我的頭，像信蛇靈巧，纏過他舉槍的手，張開下顎，撕咬他引以為傲的肌肉！白了，他的臉孔煞白，像死屍一樣，真好看，真好看！

「哈囉！聖堤軍的大叔們，晚上好喔，今天玩甚麼？和市民玩水炮遊戲嗎？」

女聲？是誰說話？是我？不，不是我。

「小妹妹，聽我說，冷靜下來，想想開心的事，想想天空，想想笑容，還有，初生的生命。

然後再慢慢張眼……」

我受到好聽的聲音引導，看見了廣闊，看見了喜悅，看見了平靜，看見了生命……

張開眼。

三把黑壓的槍在我額前瞄準。

「啊！」我嚇得脫力，軟皮蛇般滑到地上。

小隊隊長冷嘖一聲，又將神祕的三角形瞄準我，發出女機械聲：

「基因正常，非排除對象，請停止執法。」

「沒戲了。」隊長示意收下手槍：「撤退。」一聲令下，他們便像喪家犬般轉身離開，踏上樓梯，隊長忍不住回望「程咬金」，奇怪的少女，穿著一件暗紅的毛巾浴袍，露出香肩和長腿的同時，也讓人猜想到毛巾下的空盪。

然後，我隱約聽到聖堤軍們的私語。

「認好那毛巾浴袍女。」

「怎啦？」

「她叫劉螢，正調查全知眼的事，上面已下指示，提防此人。」

片刻，濕漉的隧道裡只剩我跟這「毛巾浴袍女」。

「那個……」我還沒說重點，她便把話搶去：

「我叫Bella劉螢，妳呢？」

「雅萍，可以叫我Apple。」

「Apple嘛，我可以直接跟妳講一句話嗎？」

「唔？」

「再這樣下去，妳會被自燃。」

「被自燃？」

「嗯，像今早新聞的主角。」

這便是我跟劉螢認識的過去，現在細想，也許我們是被認識吧？

二　B的筆記：因為摧殘所以和平

我叫劉螢，Bella，今年25歲，生於聖堤國2030年，最喜歡毛巾浴袍，最討厭內衣內褲的約束。我是聖堤大學的研究員，至於研究甚麼，我已經無法概括，因為已經超出大眾的認知，硬要形容的話，我會給它這樣的名字：

「社會武器學」。

起初我得到一大批研究資助，後來被一同撤回，嗯，大概我的研究觸犯了某些底線。

我曾經思考「社會犯罪」的問題。

人為甚麼不去犯罪？

因為人的內心或外部有良好的控制因素。

人為甚麼要犯罪？

因為人的內心或外部有差劣的控制因素。

然而那「控制因素」究竟是甚麼？

宗教？良心？超我？本能？智慧？

※※

〈劉螢筆記〉其之一

大約在17年前，即2038年，聖堤國出現一系列的都市傳說，最火的無疑是「人體自燃」的傳聞。

事實上，我是首宗人體自燃事件的目擊者。

事件發生在聖堤國官校內。

自燃的是我鄰座的男同學。

那時候我約8歲，是唸小四的事。現在想來一切奇怪。

那位男同學交了默書簿後，便和英文科老師吵鬧，老師說同學冒簽默書簿，同學卻強調是爸爸簽的；老師又說同學的爸爸在他國工作不可能簽署，同學卻說爸爸昨晚回來了；老師說放學後要見他的爸爸，同學卻說爸爸早上就離開聖堤國回到另一個國家了；老師卻說同學說謊，同學說他講的是真話；老師說同學冒簽了不肯承認，同學說我沒錯我沒冒簽……

結果沒完沒了的對話由老師一句話終結：

XXX行為不佳，欺騙師長，記大過一次！

大過啊，對孩子來說是一種死囚刺青。但對那同學來說，似乎不痛不癢，我只記得，他平靜地回到座位，在抽屜裡取出三角鐵尺。

發生在一瞬間的事情，那時我回想早上他跟我說，父親買了三角鐵尺獎勵他的事，卻沒想到當我回神過來，男同學執著鐵尺，一邊走，他的肚皮便一邊著火，他卻沒自覺地一直走，煙還一直冒，他走到老師身前，高舉三角鐵尺的瞬間，烈火「嚓」聲，覆蓋全身，幾秒以後，地上只剩一條胳臂和一把完好的鐵尺。

後來新聞卻如此報導：男學生手執鐵尺觸電身亡。

這事故大概一早化為種子，埋藏到我的潛意識裡，十幾年後，這種子終於發芽，我在這件事裡尋得「控制因素」的線索——人體自燃。

※※

〈劉螢筆記〉其之二

後來人體自燃的事件越來越多，平均一月有三至五宗，目擊者也不少，傳說漸漸成了現實，可是更多的人寧願相信這是傳說，因為人體自燃的人都有其通點——光之代。

※※

〈劉螢筆記〉其之三

光之代，是一個沒有故鄉的年代。

故鄉是一處避難所，而我們，沒有故鄉，或者說聖堤國便是我們的故鄉。我們只能，在這裡，戰鬥，每分每秒，每個眼神每次投手，不是攻擊就是防守。人在故鄉退無可退，直到戰死。

※※

〈劉螢筆記〉其之四

我為我的研究下個初期小結：

一、社會因為摧毀所以和平。

二、聖堤國沒有解決問題，只是解決有問題的人。

我為我的研究提出一個疑問：

一、聖堤國是否正以「用小騷亂換大和平」取代過去的「用真和平換取小和平」的模式運作？

※※

〈劉螢筆記〉其之五

人體自燃人體自燃人體自燃人體自燃人體自燃人體自燃人體自燃人體自燃人體自燃人體自燃
人體自燃人體自燃人體自燃人體自燃人體自燃人體自燃人體自燃人體自燃人體自燃人體自燃人體
自燃人體自燃人體人體人體人體人體人體人體人體人體人體人體人體人體人體人體人體自燃自燃
自燃自燃自燃自燃自燃自燃自燃自燃自燃自燃自燃自燃自燃自燃

真的是人體自燃嗎？

※※

〈劉螢筆記〉其之六

為了對抗人體自燃我決定建立組織。名字叫甚麼好呢？不如就叫「抗自燃協會」？那些甚麼「抗癌基金」、「反暴力遊行」，都是直接的名字吧？就這樣吧！

「抗自燃協會」在這張紙上正式成立，成立日期是今天！2045年1月1日！成員劉螢一人！哈哈哈。

我合上殘藍的筆記簿，如此這般，沒想到「抗自燃協會」，在今年，聖堤國2055年，竟然一共有三位成員。

三　C的舞台

舞台上的舞者叫高雯，Coco，生於「光之代」2035年11月，今二十五歲。漆黑的大會堂中，亮著一頂射燈，照在舞台上的Coco。舞台上，只有她，和她的芭蕾舞。她舞姿並不優雅，她的身型亦沒有線條之美，可是台下座無虛席。觀眾們注視她的堅毅。

淒美的旋律下，她半空的分腿，讓人生畏；她利落的旋身讓人生憐——一齣與命運對抗的舞蹈。

沒錯，人們注視著她生命的光輝。

Coco，人稱為「奇跡舞者」，這來自於她那缺陷的身軀，卻跳出超群的舞技。

別人眼中，Coco的芭蕾舞生涯是如此傳奇，一場車禍逆轉了她的一生。車禍前她僅是寂寂無名的舞者，八年前的車禍，毀了她的左腿，傷口受到細菌感染，需要切除、接駁，手術後雙腿的長度竟相差五厘米，這是舞者生涯的鐮刀，她不甘，她穿起那雙厚度不一的特製舞鞋，捱過非人的痛楚和特訓，在舞台上成了奇蹟。

Coco長短腳的情況產生了更多的後遺症，其中最大影響的是盤骨椎的突出，影響到臂部和腰際的不一，左腿長右腿5cm，全身的支撐都落在左腿上，導致左邊臂部脹大，像一個吹得鼓脹的大氣球，右邊的臂瓣卻如放了氣的氣球。後來她的背也挺不直了，佝僂如老者。

最後一個音符消散了，台下掌聲雷動。

表演完了。電視台、電台、報章、雜誌的採訪記者一湧而上：可以分享一下妳奮鬥的心路歷程嗎？妳有沒有怨天尤人呢？跳舞是妳的精神支柱嗎？練習會因為長短腿的問題而放棄嗎？……

一窩蜂的問題沒惹來Coco的煩厭，她擦了擦額上的汗珠，對著拍攝的鏡頭莞爾，說：「我的夢想就是在舞台上跳舞。其實我感謝那一場車禍，它讓我明白到生命的可貴，趁人仍在生，夢，一定要追一次！」

「加油！」

「加油！永遠支持妳！」

「不要放棄！」

……海量的打氣聲，從觀眾席上湧來。

一瞬間，Coco的話點燃了激昂的氣氛。

四 C：成為人類了嗎？

我，名叫高雯，Coco，人們稱為「奇蹟舞者」，我嶄露頭角，慢慢地成為聖堤國的熱話。

——笑話。

誰不喜歡看美麗的事物？誰要看我這團醜陋的肉，在舞台上揮汗。

那些夾雜在旋律中的笑聲，那些在黑暗的觀眾席下偶爾除下面具的人，多麼像一個活生生的人！

他們像人一樣竊語著：「嘿！醜得過癮。」、「其實跳得不錯，以一隻豬來說。」、「其實有甚麼好看？最可惡的是你！拉我來看這些垃圾！」、「喂，真的是奇蹟，奇蹟地嚇人！」……

他們像人一樣，躲在黑暗裡盡說人話。

他們很聰明，總在燈光亮起前，帶回天使的面具，說著天使的話。

「加油！」

相比那些人話，這兩個字我更加聽不明白、看不明白。不負責任地暗示著：努力就會成功。

「永遠支持你！」

還有這些烏托邦式的謊言，隨便地加個「永遠」，美好而致命。

「不要放棄！」

是天使的古老特效藥，默默地告訴你，放棄就是錯。

你知道這是天使的毒藥嗎？

你不知道。我曾經也不知道。

我們這一代——「光之代」，因為社會繁榮、穩定，所以有了追夢的條件。

事實上，懂得現實，就能圓夢。

9歲的我，抱住一腔熱誠，來到表演公司，我的歌藝一般，但舞技絕對值得肯定。表演公司的面試官說：「舞蹈不錯，但你沒有話題性。嗯，還有唱歌和樣子可以努力一點，加油！」

我為此高興了一個月，感覺往上走了一大步，往後的日子不斷努力、努力……加油、加油……

如果夢想是一場馬拉松，只要你加油，一定可以到達終點。

的確，五年後，15歲，我迎來了終點——那場車禍。

我躺在病床上絕望地看著那雙長度不一的腿。

那一刻，我才驚覺，有些追夢的人是幸運的，但大多數的人是不幸的。

「還有樣子可以努力一點。」

表演公司面試官的話一閃而過，我「撲哧」一聲大笑了。最可笑的並不是他的話，而是相信這話的我。

我開始慢慢地意識到，「成人」的說話如何誘騙、矇混著，當你察覺到，甚至開始懂得說這些話，你才會「成為人類」。

事實上，追夢僅是小孩子的囈語，要圓夢就得和社會妥協，和自己和解。

夢、發夢、圓夢，需要金錢和權力。

——不是加油——或許不是不需要，而是不一定需要。

因此，我在我康復出院的那一刻，撐著拐杖，一拐一拐地走到那間表演公司。

負責人呆了呆，笑了笑，瞇著眼友善地說：「康復之後，腿會長回來，那時候只要努力練習，就可以再跳舞，加油吧……」

「腿不會長回來吧？」我笑著說，他卻失笑，收起那一臉的慈祥，他知道，我不會被耍走了。

「那麼你想怎樣？」他托著頭，鬆了鬆領結，臉帶不耐煩。

「請問……我這樣有話題性嗎？」我無視他的本性，指著自己的身軀，禮貌地問。

他慵懶地「嗯？」了一聲，怔了怔，莞爾一笑，「啊！」一聲，整理領結，手放回膝上，玩味地說：「好像也不錯呢，商人會販賣一切的貨品，殘缺品、陳列品、二手貨，一樣有價有市。有時候完好無缺的貨品，市場上，太多了。」

他又再「嗯。」了一聲，伸出商人的手，續說：「不妨試一下，現在的你相比從前，似乎有價值多了。」

我伸出握著拐杖的手，低頭地看著他的手，低頭地……

「我會看看你的醫療報告，到時候問題不大的，就再推到市場去……我想想……」他續說：「『奇蹟舞者』？這名字好像挺不錯。」他從自說自話中抽離，然後習慣性地說：「加油！」

漸漸地，我也「成為人類」，在媒體的訪問上說：「其實我感謝那一場車禍。」

理所當然地說著理所當然的話，然後人們理所當然地相信著。

假如，有人沒有這種理所當然的感覺，他大概不再適合成為人類。

表演結束了，訪問完結了。

我從後台乘搭升降機離開。

「叮」升降機在十樓打開，一名女性走進來。

「嗨，小姐，可以幫我按一下一樓嗎？」

我抬起低垂的頭，看見左右手都捧著重物的暗紅浴袍少女。

「不好意思，可以按一樓嗎？」她見我沒行動，又再重覆。

「啊，抱歉。」我伸手按下數字。

升降機從十樓一直往下，在短暫的寂靜中，我無邊無際的念頭又魚貫湧現，如何成為人類、如何做一名稱職的人類……

「嘛，小姐啊。」不知何時她閃到臉前，用水靈的大眼死盯著我，然後微微一笑：「我勸妳還是不要胡思亂想。特別是，自我欺騙的思考。」

我皺著眉，不知為何，她彷彿看穿我的大腦。

「我沒有自我欺騙。」我道。

「看？這句沒在自我欺騙嗎？」她又笑道。

「我想甚麼是我的自由。」我冷淡說。

「好啊！妳繼續想，我又不能打開妳的天靈蓋，在大腦按下stop鍵吧？只是……」她突然換了張陰冷的臉，神祕兮兮道：

「繼續如此，妳就會被自燃啦？妳甘心嗎？」

「甚麼鬼話？」

「妳是聰明人，沒可能感受不到。在這裡。」她勉強彈出食指指向我的心胸：「是不是經常有股莫名其妙的熱力？」

我沒答話，這女人似乎有備而來。

「有話說話。」

「呵呵，我喜歡爽快。」她指夾一張卡片：「上面有地址和電話，明天有個聚會，有空來找我。」

我疑惑地接過卡片，翻到後面，看見「抗自燃協會」幾字。

五 ABC的被認識

我是Apple，想不到今天我會坐在這裡，我還不清楚為甚麼我會被劉螢遊說。抬頭望著那隨意地用油性黑筆在A4紙上寫的「抗自燃協會聚會」，又再看看眼前同桌的成員，一位叫Coco，她體態畸形，左右身軀毫不對稱，可能是她的長短腳影響。想了想，我才記起在餐廳的電視上，看過她受訪的片段，那可笑的「感謝那場車禍」，究竟是如何入世才會有感而發啊？換了我一定不行。另一位叫Bella，是典型的「過度開朗」人士，或許她曾經替我解圍，所以印象還好。

我們仨這就是全體成員，唉，我是不是落入了層壓推銷的陷阱啦？

劉螢興致勃勃地說：「對了，甚麼抗自燃協會真是太老土啦！妳們說，如果改成『ABC同盟』如何？我們有Apple、Bella、Coco，不是剛好嗎？完美。」

「Bella，這個不錯，順口一點。」我身邊的Coco竟然附和她，沒病嗎？

唉，無言，我連反駁的話也懶得說，拉了拉椅子，正想離開，卻聽得劉螢說：「先別走。有興趣聽聽我的研究嗎？可以教妳們『抗燃』的方法。」

我被她的餌釣起了，停下離開的腳步，試探問：

「想知道那個三角形的事，Bella妳知道嗎？」

「可以啊，那三角形叫做『全知眼』，它是發動人體自燃的『社會武器』。」

聞言，Coco口打結地問：

「那、那個三角形，是不是指瓷、瓷器的，中間、還鑲住一隻人類肉眼的三角形？」

我點點頭，聖堤軍當天拿著的正是它。

「怎啦？」我見Coco臉色有異便問。

「表演公司的經理人，曾經用它來對住我，我還以為是探熱器……」

「也對，像紅外線探熱器。」Apple附和說。

「所以說，妳們兩人，已經被全知眼盯上。」劉螢打開桌上的筆記簿，取出一張過膠的剪報，新聞的標題是「聖堤國公路3號，裝載乙型肝炎疫苗的貨車翻側」。

劉螢敲桌，像名偵探的口吻：「真相就在這裡！」

「這宗新聞有何問題？又不是頭條，只得幾百字。」我一邊問，一邊再次坐下。

「問題在這裡。」劉螢指著中間一段，我蠻好奇地將它唸出：

「『這批疫苗經化驗後證實成分不只含有乙型肝炎疫苗成分。』這是甚麼啊？魚蛋不只有魚還有麵粉的親戚嗎？」

「接種疫苗嘛……」我若有所思地捲起衣袖，露出左手手臂，指了指那比小指指甲還小的凹位，以前她已好奇，平常打針的傷口很快就能痊癒，但出世時注射的傷口，就像被蠹蝕一樣，永遠有處小凹陷。

此時我跟劉螢也拉起左手衣袖，亮出那曾經接種疫苗的小凹位。

「呵，這是『那些年，一起打過的針』對吧？」雖然劉螢笑嘻嘻地道，但我立即想到，假設所有乙型肝炎的疫苗都不只有乙型肝炎，那麼還有甚麼打進了我們的身體裡啊？

Bella拿出一份文件，文件的首頁印有「機密檔案」幾字，翻開內頁寫滿了標註和筆記，Bella說這是她從前的研究，內容大概是：

聖堤國建國前的國家名叫洋國。

洋國有五百年的歷史，科技十分發達，利用了100年時間研究「戰俘之願」的計劃。

以下是節錄自「戰俘之願」的計劃內容：

目的：國家長治久安，甚至不管而治。

計劃方向：在人體裡設下一些機制或暗示，當偵測到人的精神力量出現異變、到達臨界點時（避免他們做出任何反動的行為），予以懲罰。從而杜絕一切的「惡」。

研發方向：成立一支科研隊伍，進行研究。暫擬從細菌、疫苗、病毒、食物等方向入手，以無聲無息、無可追尋的科研成品為目標。

實驗方向：研發成品出爐後，先以一小撮人實驗（暫以一個時代的人）。研發隊伍須全天候監視實驗體，收集實驗數據後，再調整科研產品的功效。最終，希望用在全國的人民身上。

後期因為戰爭，令洋國滅亡，後來聖堤國取以代之，2030年，聖堤國重啟洋國的「戰俘之願」的計劃。以「光之代」這十年的人為實驗體，還設立「全知部」負責計劃的進行、改善、監控等。

如是者，計劃施行了五年，直到2035年，11月1日發生了事故。事故的來龍去脈大概是，在聖堤國公路3號發生貨車翻側的意外，車上載有「戰俘之願」所需的疫苗，意外導致當批疫苗無法使用。於是情急之下用了「原生疫苗」，即當年洋國為「戰俘之願」計劃而生產的疫苗，當年11月接種的嬰兒受到影響。直到十年後，才發現「原生疫苗」的特殊性。

這事被聖堤國列為機密處理，相關的文件亦列為限權閱讀。

Coco覆述Bella說的內容：「11月接種的嬰兒受到影響……」她恍然大悟，續說：「呀！我是11月5日出生的，我體內射注了『原生疫苗』嗎？」忽然飛來一隻烏蠅，在Coco的頭頂盤旋。

「咦？我也是35年11月5日出世……」我感到錯愕，所以我們已經被「全知部」盯上嗎？

Coco伸手撫摸文件上的印章，似乎想要判辨真偽。

孰是孰非，豈能用一個印章分析？Bella要偽造文件來詐騙都是輕而易舉之事。

「事實是你們被人用『全知眼』檢測吧。」劉螢一針見血，然後我看到劉螢滑頭的怪笑，像洞悉我們不安的嘲諷，忽然我覺得她像木偶師，擺弄著一切可玩弄的公仔。

「文件，妳哪裡弄來？」Coco翻著文件問。

「妙手空空。」嘖，劉螢藉口太爛，我只好進一步試探：「妳說『原生疫苗』具有特殊性，那究竟是甚麼？另外，疫苗與自燃又有何關係呢？」對呢，這是「抗自燃協會」吧？根本還沒說重點。

「引起人體自燃的便是那些疫苗。」劉螢直截了當：「疫苗，或者應叫作病毒？會在人體裡成長，精神力量就是病毒的糧食，當它『吃』了強烈的精神力量時，就會產生異變。而原生疫苗似乎是更霸道的，要『吃』更多更多的精神力量，然後就沒有然後了，因為大多注射了二月疫苗的孩子，都活不到成人了，沒人知道注射了原生疫苗產生的異變是甚麼，洋國也沒有相關的研究數據。」

劉螢頓了頓，凌厲地盯著我倆，說出我們被盯上的原因：「所以全知部看上了注射了原生疫苗，還活生生的人。至於二月以外的是複製的疫苗，只抽取了某些原生疫苗的成份。」

「那種異變就是人體自燃？」Coco問，劉螢點頭。

「精神力量？」我問。

劉螢解釋人類的精神力量分為負面和正面，前者的力量往往有壓倒勢，所有的罪案亦由此滋生。聖堤國看準這特性，視它為「社會武器」，排除精神力混濁的國民。而「全知眼」便是檢視精神力的儀器，它可以分析出人類四種的精神異變情況：正常的為「基因正常」，異常的為「觸犯人類基因」，達到臨界點為「篡改基因臨界點」，一旦越過臨界點，便成為「篡改基因罪犯」，「全知眼」便會與人體內的病毒產生共鳴，像開關掣一樣，強制引發自燃。

——再不需要法律。

我如此想：現在只有光之代的身體被注射異物，若果全國的人都接受了注射呢？

「呃，等等！」我突然咆哮：「三角形……不，全知眼，那天……」

「那天妳觸發了『篡改基因臨界點』。」

「可是我甚麼也沒做！」我激動拍案。

此時，烏蠅從Coco的頭頂飛到她眼前，與她的眼皮糾纏，她鼓譟地揚手打發。

「妳沒做，但妳有想吧？比如，殺軍人的念頭。」劉螢用洞悉一切的語氣反問。

「我只是在想！」烏蠅再進一步在我面前擾攘。

「所有的罪案，都是由『想』發生吧？」劉螢步步進逼般說。

「只是想！沒有犯罪！」我為自己的行為申辯。

「對全知眼來說，這是犯罪。還不明白嗎？前幾天的軍人煽動妳負面精神，當妳進入『篡改基因臨界點』時，他們就可以用自燃排除妳。」

劉螢把話說畢，臉上的神情變得猙獰，像被冤枉的鬼魂。不知好歹的烏蠅再次突襲Coco的眼睛，Coco大掌高舉下拍，圓桌上殘留一抹黑血。

笑了，她笑了。

劉螢笑靨如花，彷彿陶醉在桌拍聲裡，雖然是笑臉，祥和的酒渦卻帶有沼澤的陰森，潛伏著危機及毒物，讓我怯顫。Coco彷彿斬斷了自身感情線，將洞察別人情緒的神經燒掉。她傻兮兮地問：「Bella妳怎麼笑我啦？」

她錯了，劉螢的笑意降落在更遙遠更未知的領域，她察覺到我的觀察，立即在原有的笑意上添一層戲謔的味道：

「笑笑罷了，別生氣。讓本大師來教妳們趨吉避凶抗燃大法！」

劉螢的解說大致清晰，她說到尾聲時，手機突然響起，接通電話便聊：

「喂？嗯，我是。」

「對喔，上次已經講了，下期的金額，是首期三倍。」

「是啊，各得三倍，意願如何？」

「呵，那就成交啦！」

她掛了線後Coco便問：

「首期？買房子嗎？」

劉螢竟被她問歪了，頓了頓反問：

「房子，妳很渴望？」

「嗯？誰會不渴望啊？對吧？」

「唔？」突然被問我顯得失措，我認同道：「對呢，悲劇總是由無樓發生。」說罷Coco手機響起，聊了幾句掛線後，她便想起身離開。

「有job嗎？」劉螢知悉一切的口吻讓人咬牙，Coco沒回應她，徑自直走，臨行前聽到劉螢高呼：「下次再見。」

「再說。」Coco客氣地說，接著便一拐一拐地離開我們的視線。

我跟劉螢四目對望，雖然我並非絕無戒心，但如果真的被「全知部」盯上，下一個自燃的便會是我們嗎？

直覺告訴我，這個女人，絕對遠離為妙。

但是，或許她能讓毫無了解的我們避過一劫？

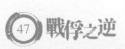

六 C：我痛故我在

「Coco妳在哪？還沒到嗎？」電話另一邊的職員問我。

「剛才堵車……快到！」剛才跟Bella、Apple聊久了，忘了時間，只好隨便搪塞。我掛了線後，一拐拐地，用長腿一邊拖著短腿前行，這種遲到節奏下，正常都會用跑的，可是，拜這腿所賜，跑不了。

氣喘呼呼的我，終於到達目的地。

「聖堤安老院」。

安老院的姑娘見我姍姍來遲，立即撲過來問責：「太遲了！時間都過了，快吧！快上台表演！」

我一邊道歉，一邊走向舞台，然而姑娘仍催促：「妳不能走快點嗎？」

聞言，我臉有難色，愧疚地答：「對、對不起！但我已經是最快的步速了！」

姑娘「啊」一聲後，才想起我的殘障，也不再多言。

終於，我踏上舞台，站在中間，這兒沒大會堂的射燈，也沒音樂伴奏，舞台台板也日久失修，翹翹的，一不小心就會絆倒。

台下的是一群老人家，有的在輪椅上呆坐，有的像隻遊魂野鬼一樣四坐處走，但大部分的都坐在椅上，用那一雙近的看不清，遠的尚能分辨顏色的眼，盯看著舞台。

我跳著芭蕾舞。

踮起長腿的腳，曲起短腿的腳，再輕輕一勾，畫出完美的弧度；手從兩邊緩緩升起，再輕柔地展開，模仿著在湖中優雅拍翅的天鵝。雙手是身體上最完美的地方，我要展示它，讓所有人都看到我的光彩。

那些下半身的動作，旋身、跳躍、分腿……全都頂著一頭熱汗，忍著痛苦地展示著，沒有人會明白，每個動作伴隨著噬骨之痛，骨與骨的抗爭，各不相讓。骨的戰爭後來會延伸到肌肉和神經線間，肌肉被撕扯著，拉呀拉，像兩頭野狼爭咬鮮肉，牠們的利牙一枝枝釘進來，彷彿要咬得骨肉分離！

痛！如此讓人迷戀！

痛！生存的感覺！

痛！活著！我還活著！

每一次的跳舞，燃燒著生命，發光發熱，都看到嗎？這樣耀眼的我！

最後一個舞步也準確地完成了，我在台中心鞠躬謝幕。接著，零聲的掌聲響起，拍掌的是老人還是姑娘？我不太清楚。

每星期我都會配合聖堤老人院「藝術不老」的主題，來到老人院。聽說，國家批了一大筆資助，讓老人都可以欣賞藝術。老人院為了取得資助，便找我來表演。

每次，這個「舞台」都讓我明白何為殘酷。

老人院為了資助而找我來，老人們為了滿足老人院的政策被迫坐在這裡，而我呢？

為了賺取生活費而來到這裡。

沒錯啊，即使我在不同平台上受到注目，但演藝事業要糊口，就得靠廣告費，像我這種異類，外形不討好，從沒廣告商贊助。公司的薪金？那更不要提了，出入的車費已花了八成。

所以不得不找外快。

現實中尋夢，就得要錢。

後來在夢的旅途中，尋夢不再重要了，就變成了——

現實中就只要錢。

然後大家跟你說、社會跟你說、世界跟你說：你成長了，你聰明了。

難道殘缺，就不配追夢嗎？

誰能確定你尋的不是惡夢呢？

院長找上我，他聲色俱厲地斥責著：「我說過的！不、可、遲、到！要老人家等妳這麼久，妳連絲毫敬老的心都沒有！真過份！」

「對、對不起！」我抱歉地躬身。

「合約上寫了，遲到是不容許的，我們有權終止合約，薪金都……」

「薪金都很重要！拜託你不要取消合約！」我慌壞了，趕忙阻止他下一步的決定，豈料我的焦慮中正下懷，院長一副「我再給你一次機會的模樣」說：「行吧，你的情況我也是知道的，隻身一人，身有不便，能自食其力尚算不錯了。嗯……」他頓了頓，續說：「假如妳這個月都以義工身份來義演，那麼就沒有違約呢？對吧？」

我也頓了頓，驚醒自己已是甕中之鱉，他言下之意就是：可以不解約，但這個月就不發工資了，要不然就解約。

我整理思緒，重新管理自己的臉部表情，努力地綻放笑容，可掬地說：「偶爾做做義工也不錯呢！」

院長狡黠點頭，滿意說：「對啊！我就是喜歡妳這麼有愛心的人！」

「多謝你。」我像一名得到糖果獎勵的小孩，爛漫得很。

「不用客氣。加油啊，用心工作。」院長站起來送我出門。

我嘴角盪漾的笑意，如漣漪一樣，慢慢消逝。

唉，這個月連租房子的錢都沒有了。

有時候追夢並不殘酷，殘酷的是人類。

或者我將一切視為理所當然的苦難、合理的挑戰。是困厄的幸福，我失去眼還有口，我沒了腿還有手。因為我尚有生命，才可感受一切。我、應、感、恩。

感謝父母生下我、感謝天父的愛、感謝佛祖慈悲、感謝車禍，為我在冥河上導航。

「唔……」突然胃中翻騰，我急忙捂著嘴，可也擋不住來勢洶洶的嘔吐物，「嘩啦」一聲，撒得一地也是。也許是早上至今仍未果腹，也許是那些精美而腐爛的話語……

火，在心中燒，難受卻承受。

翌日，表演公司的負責人要我到公司報到。

Dick是我的負責人，現在我在會議室內等待他。

「Coco呀，今日叫妳來，我也不妨開門見山了。」Dick一邊除下西裝外套，一邊說。

「你是指下個表演檔期……」我話剛到一半，Dick就把話搶去：「不是。我代表公司和妳，高雯，正式解除合約。明天是續約期，我們已經決定了不再續約。妳是自由身了……」

他的話令我心頭冷顫，可是我卻用雲淡風輕的臉容修飾內心，笑問：「請問一下，之前表演的入場人數也不俗，為何突然有這個決定呢？」

「應該都五年了，要玩的都玩夠啦？妳要的夢都追了、圓了，是時候結束，不是嗎？」Dick

冷酷無情道。

我心裡咆哮著：不夠！我還要更大的舞台、更大更大的！玩？誰在玩啊！

我壓、抑、著，用半帶哀怨的語氣道：「Dick，我也明白我賺錢能力不高，可是演藝事業要累積經驗，我才五年……」

「問題不在經驗上。妳懂吧？」Dick打斷我的話，補充說：「問題是，妳是殘缺品。原本最有價值的話題性，就會隨時間消失。在跌到零前退出，總比潦倒時迫著離場好多了。」

我老實地點頭，很多時候，社會的規則就是如此荒誕、無情、現實，要不迎合它，要不摧毀它，別無二法。迎合，總要來得舒服；就像沒有人願意跟一個發狂的人談判；笑臉迎人，或許還有餘地。

一個笑容，誠懇得令人無法抗拒，溫暖得要把冰融化；雙眼瞇成一線，連眼，也笑了，彎彎的，告訴你我多甜蜜。

「……你、你這是做甚麼。」Dick愕然地問。

「我在跪你呀。」我嘴角的笑意依然，仰起這張笑臉，希望用誠懇來打動他。

Dick俯視那卑躬屈膝的我，他無法攆我走，懊惱地按著眉心，崩潰地「唉」了一聲。

「篡改基因臨界點。」女機械聲把我從微笑的世界中拉回現實，循聲而望，Dick舉起「全知眼」瞄準我，那隻眼的目光穿透我的外殼直搗精神深處，我被量化成數據。然後我聽到Dick苦惱道：「有時候太過適應做一個人類，也不是好事。」

腦裡警覺地閃過劉螢的話……

——一旦越過臨界點，「全知眼」便可強行引發自燃。

——「妳就會被自燃啦？妳甘心嗎？」

腦海翻箱倒篋，尋找劉螢所講的抗燃方法：最直接影響精神力的是思想，所以迴避當下的思想，基本上就可擾亂全知眼的判斷。回想美好的事，或者往事都可以。

美好的事？

學校、社會、家人、舞台……

都沒有。我很清楚。

我緊閉雙目，在漆黑裡拉扯繩子。

不斷拉、不斷拉。直到那美好的東西打撈出來——孤兒院。

啊……對嘛，美好的事，曾經在孤兒院裡發生。

我高雯，生於聖堤國，2035年，11月？日，沒人知道我出生的日子，於是就隨便定為11月5日，聽說是打針的日子。我是棄嬰，沒見過父母，1歲開始就轉到「聖堤孤兒院」生活，孤兒院的生活十分苛刻，「不聽話」的孩子和「聽話」的孩子，待遇總是天堂與地獄，「不聽話」的孩子很快就不見了。

9歲的我，很快明白「不聽話」的去了哪裡，那時候社會上仍沒出現「人體自燃事件」……

某一天我跟幾位10、11歲的哥哥、姐姐組隊玩卡牌遊戲，其中有名智商極高的哥哥總能用小聰明，以出術的方式勝出，另一名姐姐就似班上的班長，她總是大義凜然地斥責哥哥，然後跑呀跑呀，跑到用玻璃之隔的院長室內投訴哥哥。院長總是「嗯」一聲了事。我知道的，院長無時無刻都看著我們。

出術的人不對；投訴的人正確。

自小開始，我就知道，這只是人們自欺欺人的謊言。

因為孤兒院的「媽媽」總是抱怨：「那個麻煩的傢伙又來投訴了！」

不投訴就不會有問題，有問題是因為投訴，而不是有問題。

某一夜，我半夜要上洗手間，卻看到地窖的燈都亮著，好奇地走下去。地窖裡是一批孤兒，大約30多人吧，其中一人就是我認識的姐姐，孩子們都被困在石房內，神色慌張的、害怕瑟縮的，各人都恐慌著，彷彿是被抓來似的。而門外有院長、「媽媽」們、還有幾個穿著白袍的，像童話書上的科學家，他們都在交頭接耳，後來長大了，我都忘不了院長的那句話：「他們都不行了。」

不行？那時候我還在想甚麼不行，院長接下來的話，還是解答了：「已經無法成為人類。」

其中一位科學家，拿出一個三角形的骨器，在他們每一個人臉前都掃一下後，然後再看看骨器上的顯示，就像售貨員為貨品掃條碼一樣。白袍科學家說：「對呢，是篡改基因臨界點，他們都是『失人』了。」

我認識的那位姐姐察覺到氣氛的不對勁，於是衝上前抱住「媽媽」，撒嬌說：「媽媽，這些叔叔是甚麼人？我很驚，想回房間去……」

「乖，沒事，媽媽會陪著妳，很快就可以了，一下子而已。」那位「媽媽」一邊撫著「女兒」的小腦袋，一邊攬著她莞爾說。

院長在旁點點頭後，那一幕發生了……

起初是發生在姐姐身上，她的肩纏著白煙，「滋滋」的聲音響起，火光就從肩膀擦起……

「嗶！起火了！」姐姐慌張大叫，她在「媽媽」的懷中掙扎，可後者只抱得更緊，續說：「沒事的。」當然那是鬼話，火勢一下不可收拾，像一條火蛇般，從肩開始爬，纏到手，爬到腳……

「不要！很燙很燙！媽媽救我！」姐姐聲嘶力竭地哭鬧著，可媽媽仍笑著按撫：「沒事、沒事。」

其他的孩子嚇得五官都僵硬了，連大叫的本能彷彿都失去了，當他們醒過來，記得尖叫時，身上早已點起火苗，星星之火，下一秒，已化成火怪獸，把弱小的孩子吃掉！再下一秒，石房中已是火光熊熊！

眼前的事是如此駭人聽聞，姐姐早就燒光了，抱著她的「媽媽」仍笑著送別她，詭異的是，「媽媽」竟沒被火焰灼傷。

室中也沒有燒焦的痕跡，只有散落一地的手掌、腳掌、膝蓋、耳朵……似乎每人都留下了部分殘肢。科學家馬上收集這些殘肢，放在一些密封的玻璃瓶中。

「嗡嗡嗡嗡嗡……」突然一群烏蠅憑空出現，在石室中亂飛，其中一隻從石室飛出門外，穿過走廊，撲到我的臉上，癢癢的我按捺不住，喊了聲：「呀！」

我冒失的叫聲惹起大人們的注意，院長兇狠地回望，然後急步衝上來，伸手一抓！

「呀！院、院長，你抓痛我了……」修女打扮的媽媽被院長抓住了。

「唔？修女妳怎麼在這？」院長凝重地問。

「我見有些孩子不見了，才出來看看。想不起今天是進行『儀式』的日子。」修女一邊回答，一邊拍動身後的手，示意我趕快離開。

我驚甫初定，意識到事態嚴重，識趣地踏著黑影逃走，回到自己的睡床上。

那一夜無眠。

清晨，修女拍拍我的肩，帶我到花園，原以為她要責罵我，豈料，修女用力地抱緊我，還嘩啦嘩啦地大哭著，像孩子一樣，她用哭腔說：「Coco、妳、沒事就好了！」

「修女媽媽……妳怎麼哭了？」

「Coco妳要聽媽媽說，要學會做一個懂得生存的人。這個世界就像怪獸，無論牠有多兇惡、可怕，都要想方法跟牠共存。知道嗎？」媽媽水潤的唇輕輕地吻在我的前額，一吻盪漾溫暖，滲到心裡。

來自「媽媽」的吻，帶著關心、帶著愛。

媽媽謝謝妳愛我。

我梨渦淺笑，是孩子特有的天真爛漫。

我在修女媽媽的關心中重生，感受到母愛、美好的過去，只有這段救贖當時的我，也救贖現在的我。

「基因正常，非排除對象，請停止執法。」全知眼的女機械聲將我拉回現實。

我喘口氣，疑惑地仰視Dick，他手裡的全知眼，已經細說著他的來者不善。

Dick木無表情，我猜，他為沒有自燃的我失落。

我心裡的不安卻被驅散不少，至少劉螢所講的「抗燃方法」所言非虛。

七A：我支配故我在

Dick在辦公室的沙發坐下，捧著平板電腦，輸入文字。記錄剛才發生的事，這才是他的本職。甚麼表演公司的負責人都是假象，政府「全知部」的「除孽人」才是他原來身份。

除孽人負責跟進八至十位「失人」（精神失控、混濁的人），而高雯是他首要觀察的失人。除了觀察，還要試煉失人。

全知部會向除孽人發出失人文件，了解失人的背景後，除孽人便會安排一系列試煉，如不能在試煉中合格，失人便會定為「失去社會資格的罪人」，除孽人即可啟動「全知眼」，將罪人自燃。而高雯的試煉是「毀滅夢想」，她亦能從這次試煉中合格。

「Coco啊，在今日下午被自燃而死，一切應該如此，可……」Dick的手機響起，是他上司的電話。

「喂……嗯，她在試煉中pass了。」Dick對著電話又說：「對啊，按照計劃，這是最後一次試煉，她的file應該要close了。」他聆聽著另一邊指令，皺起眉，懊惱道：「這樣……我再看看。」

他掛了線後，又再在平板電腦上耕耘，從黃昏到深夜，抬頭才覺已是清晨。

「去飲杯咖啡吧。」

乘接駁巴士，在聖堤市下車，步行幾分鐘便來到Dick常光顧的餐廳。

點了早餐，才吃了兩口，清晨的寧靜便被櫃台的肥老闆打斷。

「點解妳要洗碗呀？妳冇料呀嘛！妳冇樣呀嘛！妳只不過係癌細胞，又唔睇下自己成個乞衣咁X樣。去企街妳咪有自由有人權囉，仲可以揀客接添！同妳講親嘢唔係嗯就係哦，咁**X**唔鍾意咪唔好返工！返半粒鐘就話要請假走人？啲碗邊個洗？我同妳洗好冇！」

Dick移看他連珠炮發的對象，是位臉型瘦削的女子。

他不知女子犯了何事，要受到辱罵，實無必要……想到此，他冷笑自嘲，昨日他也做了殘酷的事吧？咦？不，難道這位老闆也是除孽人？

細閱手機的文檔，得出否定的結論。

他不禁疑問：若果這是社會的縮影，所謂擁有社會資格的人，究竟要捨棄幾多情緒和自尊才能活著？

「我、問、妳！妳聽唔聽**X**到！」

「嗯。」女子若無其事地答。

「OK，唔好話我唔X俾妳請假，我好仁慈嘅，妳收工時間前走出依個門口，咁咪當妳唔撈囉！明唔X明？」

「嗯。」她朝門望了望，又收回視線，凝視穿戴膠手套的手。

「明嘅話仲唔躝返入去做嘢？仲有，開工時間邊X個俾妳聽電話！我都唔知請妳返嚟係接線㗎添！點呀，啲碗碗筷筷嘅電話幾多號？等我都打下，講呀？幾多號！」

Dick在遠處也見到一口口飛沫毫不客氣地噴到她的臉上。

「對唔住，我唔啱。」女子機械地說，手抓住腰包，伸手往裡掏，發出「噹噹」的金屬碰撞聲，似乎想掏出甚麼來。老闆詫異：「哼，原來識講人話？」認錯令老闆消氣：「以後返工，手機由我保管，收工先拎返。」說罷，把少女的手機掉進抽屜裡鎖住，女子也沒爭拗的意思，便乖乖離開。

「嗨！」頭髮半白的西裝男提著咖啡走來，然後在Dick的對面坐下。

「Eric叔，你的獵物？」Dick問。Eric是他的同行，年過半百，算是份量級人物。

「嗯。被罵的叫Apple。早兩天接過手的失人case。」Eric又說：「之前有名擔任軍人的除孽人跟進，但兩天前pass了給我。」

「唔？剛才一幕是你安排？」

Eric搖頭回應，直截了當：「上頭交代，只需要定時檢測她的精神讀數便可，不需要安排試煉。」

「為何？」

「不知道。不過她蠻厲害，被踩上心口也能如此平靜，全知眼的讀數亦毫無浮動。」

「社會不就是只需要這種人嗎？」Eric一針見血。

「只需要……嗎？」Dick淡然重覆，又問：「咦？你說她的精神指標全無浮動？難道你的失人是『局外人』？」

「不是。」Eric斬釘截鐵否定，因為他知道她曾在軍人的試煉下出現「基因臨界點」的指標。

Dick對Eric的言之鑿鑿全然同意，畢竟無人比Eric更了解「局外人」情況。Eric看到對面人同意得五體投地的表情，便搖頭失笑，雖說他的上司是「局外人」，但同時亦是超級問題兒童啊！

Eric探頭望向廚房，他不禁好奇，究竟她用甚麼方法過濾情緒，讓自己如此麻木、平靜。他的目光彷彿從樓面穿過廚房，到達後巷，在Apple身上降落，惹得她哆嗦。

※※

「Apple怎了？」身邊的新人問。

「總覺得有人盯著我。」我敏感地道。

「不。」新人關上水喉，補充説：「我問妳請假的事。」

「我回來了。這便是結果。」

「可是，妳弟弟找妳好急啊？」

「是啊。」我搬起洗好的碗到架子上。

「甚麼事？」他追問。已經分不清，這是關心還是八卦。

我凝視盆中，水柱和碗碟的廝殺，它們以為勝者為王，殊不知，它們的爭執，只會讓白泡沫興奮膨脹。這是我唯一的心情，所以我直接回答：「讓我興奮的事。」

「吓？」新人摸不著頭腦。

我不想解釋，繼續拿起碗，擦、沖水、再拿起另一隻碗、再擦……幾百次、幾千次……從清晨、到入夜。

「夠鐘就走啦？」新人見我解下圍裙便問。

「早就過了下班時間，我們都在OT了。」

「但老闆不是説，餐廳關門了才可以走嗎？」

「你真聽話。」我淡淡道：「從前老師叫你不要遲到、不要玩手機、不要睡覺、不要欠交，又不見你如此賣乖？」

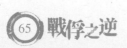

「哎……」他被我問歪，陷入沉思時，我已經換了衣服，經過收銀櫃檯，老闆早就走了，由part time收銀，他將手機還給我。

已經沒電。我找出尿袋充電，才讓饑餓的它甦醒——未接電話四十二個。剛想回撥，又有來電——弟弟。

「喂。」

「姊姊！終於打通了！妳在哪？回來啊……」電話傳來弟弟稚氣的哭腔。

「好啦，別哭。再哭，姊姊就不回來！」我故作不滿道，手卻招來的士。

「不、不要，我不哭，妳快回來！他們……」我打斷小弟的說話：「男孩子要堅強點。」

「姊姊，我想妳，他們……」我再次打斷小弟：「我也想你，十分鐘後我會在你身邊啦！手機電池不多，先掛。」放下手機跟司機說：「聖堤市10號，幸福大廈。」想了想我補充：「對不起，先在街口的ATM停下，再到聖堤市10號。」

十分鐘後我就已經身處幸福大廈的6B單位，輸入開門密碼，推門便是一條只供人側身而入的窄道，我像螃蟹在鐵皮建成的狹路中併步而行，經過兩邊一道道緊密的鐵門，來到盡頭最後一道門。

呼呼！

劈啦！

「細佬上學期嘅書簿費我交咗啦，今期到妳交！」

「你交條毛，笑死人啦，你邊有錢交啊佬，垃圾。我都唔知點解會嫁咗俾件垃圾！」

叮咚！

啪咔！

「收嗲啦八婆！妳從來冇為個囝交過一毫子！」

然後又是雜物的撞擊聲。

這次是為了小弟的學費嗎？這易辦了。

我推開門，半秒，小弟便從門縫撲出來抱住我，仰起一雙淚眼，哭訴：「他們又吵了。」

我拍拍小弟的頭，讓他在唯一的單人床坐下。

跨過堆在門口的雜物山，經過床頭的馬桶和煮食爐，鑽到唯一可以勉強站立的企缸上。

我的父母終於意識到我，不過瞥了半眼又想繼續開戰，卻被我手中的鈔票強制叫停。

「學費。有多的，你們分了它。」我刻意地、慢動作地搖擺手中厚厚的現鈔，他倆的眼珠被催眠似的跟著晃動。然後我的手定在半空、眼珠亦同時剎停，我隨手一撒，滾滾大鈔便在半空打轉。父母眼珠朝上瞄下，瞥左顧右之後，立即收到大腦的訊號——搶錢！

俯視撲到地上的兩人，從高點享受著最率直的猙獰，像兩頭餓了半世紀的老虎，張牙舞爪地爭奪，散落的大鈔被搶得七七八八，兩方同時伸手抓住最後一張，你拉我扯，你摑我踢，為了那張被撕碎的金牛大打出手。

——平時如此。

——今天亦本應如此。

但……

「邊個拎最後一張，就邊個交細佬嘅書簿。」其中一方提議。

「好。」另一方和議後卻機靈問：「如果最後一張我同你都唔拎，咁點？」

「啫係你同我都唔洗交。」

「唔洗交？」

「係呀，唔洗交好吸引，係咪？」

「係好吸引，不過今次唔交，下次都要交。」

「有冇啲乾手淨腳嘅方法？」他既是提問，亦是自答，整分鐘沒有眨眼的目光纏上縮在床角的小弟。

「啊？應該有。」她也別有用心地望住小弟。

然後，我已經搞不清楚，事情是如何發生。

是他們扯走小弟？

是小弟自己走過去？

叫聲……

是他們在喊「大力啲，卡住啦！」？

是小弟在喊「爸爸、媽媽、姊姊！」？

窗……

那扇A4紙大小、鎖了鐵框窗花的窗。

究竟如何成了幫兇？

我是看到了，還是沒有看到了？

我想起，小時候跟小弟在這裡玩泥膠的片段，將一團泥膠，擠進膠管強壓，被擠出的泥膠從通花中推出，成了薯條。

他們彷彿在玩泥膠，抬起小弟，對準窗花，從這邊往外邊擠。

我凝視一切，目光穿透石牆，看到小弟砸上外牆，彈向紮棚的竹枝，竹口由手臂截入，貫穿脖子，從小小的頭顱截出，他的小身軀在竹枝間急速下墮，那雙失措的眼抽搐地翻動。他像衣服一樣，被晾在竹枝上……

我的頭往右深歪。

死掉了。

嗯。

太好了。

「嗰啲錢，我七你三！」女的吼道。

「食憎咗？妳用錢去還麻雀數，我做大事，用錢賺錢！明顯我八妳二！」

「賺賺賺，賺你條命，與其用八成錢捐俾聖堤賭業做善事，俾我去雀館翻身好過！」

我的嘴角往上抽搐。

我的眼球像拉下老虎般轉動，他們永遠不知道，無論他們賭甚麼，始終逃不過的莊家——是我。

從前我因為他們爭吵而離家出走，現在我為看他們吵架而掙錢回家，看看他們永無止境吵吵呀呀，看看那身為人的面具，一塊塊剝落。像這樣用洗碗掙來的錢，支配他們的情緒，我為此感到生存，我為此自覺為人。

「死婆！妳以為妳依家聖堤人嘅身份係邊個俾妳？係我！忘恩負義，筆錢八二分帳。」

「仲敢講？係你將我呃到依個鬼地方，移民前我有四幢過千呎嘅大房，俾狗住嗰間房都有一百呎。」

「咁妳滾返鄉下啦，同我爭筆錢做乜？」

「哈？離婚都要贍養費，筆錢全歸我嘅贍養費。」

「贍養費？養邊個啊？要養嗰件都俾妳掟咗出去啦。」

「哼！當然係養阿萍。」

竟然把火燒過來。

「妳跟誰？」唯獨這句話他倆同心同德。

我的回答也許意味著贍養費的分配，但他們把一件事徹底忘記——

我20歲了。

是我，在豢養你倆。

我那雙如老虎機滾轉的眼忽然剎停，右眼停在骷髏骨的圖案，死了。左眼卻轉出一粒水滴，水滴從圖片裡滑落，從眼縫滲出，最後一滴淚已被榨乾，眸裡只剩空白。

我的右嘴角還在往上抽搐，左嘴卻奮力在喊：「救命！報警啊！叫救護車！」，但我知道，我的慾望命令大腦派出一條線，將左嘴縫住，從此讓人話隔絕。

在身體某一個我正在喜悅——死了呢，真好啊。——電話不再接通稚氣的哭腔——他走了，我也可以走了，從這裡。

我潑出食油、拋出火機，離開家門後，在鐵門上加鎖，然後將唯一的鎖匙，吃進肚裡。

門後的失慌尖叫，像奏一曲陪葬調，那香濃的烤肉香，填充了嗜肉的饑餓感。永別了，轉身離開這永遠的八十呎。

落回G層，窄街上擠滿了人，圍住晾在竹枝上的小弟議論紛紛。我抬頭回望三樓，那本應失火的單位永遠沒燒起來，安然的單位仍在製造嘈音。

圍觀的人群裡，忽然投來惡意的視線，在閃動的人海中，我隱約看到，拿著全知眼的西裝男人，他半白的髮色有點眼熟，好像今早見過？

啊，是茶餐廳的食客。

——妳們已經被全知眼盯上。我憶起劉螢的話。

現在的我有沒有超越臨界點呢？

怎說，我覺得我應該超越了臨界點，然後被自燃，畢竟我剛才「放了一場火」和「殺了兩個人」，心裡舒坦多了。

——想想開心的事，想想笑容、生命……

我按劉螢的抗燃方法，將記憶沙漏倒置，在千萬的爛沙中抓住一粒星沙。

「媽媽，我想妳。以後不要回移民前的國家好不好？啊，我也想弟弟了……」我抱住母親，臉蛋貼到她的大肚皮上。
媽媽撫著我的長髮說：「傻蘋果，很快就可以天天見面啦，對吧老公？」——蘋果，是我的乳名。
「哈哈！以後天天見、秒秒見，見到妳厭、見到妳煩。」爸爸將我抱起，我撒嬌地道：「我不會厭！蘋果最喜歡型仔哆啦！」
「已經哄男人啦？老公，我家蘋果前途無可限量呀。」媽媽摸肚笑言。
那天，爸爸抱住我帶住媽媽來到聖堤市10號的幸福大廈。
「要這間嗎？這間是唯一有窗戶的，要多加八百元，一共月租四千八百元，行嗎？」業主問。
「只有八十呎……不！才多塊窗！還這麼小的窗……」媽媽的不滿卻被爸爸的蜜語撲熄：「放心，我努力掙錢，不是問題。妳想想，空氣流通點，妳安胎也舒適啊！」
媽媽笑了。
爸爸也笑了。
然後我笑了。
亦成了絕笑。
隨我的嘆氣聲，畫面回到當下，我沒有被自燃，證明我精神健康吧？

憤怒也好，悲傷也罷，情緒矛頭應該指向何方？它迷失了。

我的父母也不過是被房間逼瘋。

那股惡意的視線似乎在指責我的坦然和冷靜。此刻我勾起怪笑，心裡無奈：我憤怒，你就將我自燃；我冷淡，你斥我無仁。你究竟期望我如何？

這個社會，究竟想我們如何？

我帶著這樣的迷思，在晚上十一時的大街上散步，萬無目的地轉悠，城市哪裡都是路，但每條都不是活路。擠擁的街上，所有的苗頭亦一觸即發——像無意的碰肩。對面街的遠處就傳來這一幕……

「喂，死嚫仔！你撞到我！」往遠處看，中年男人就似穿著西裝的地產經紀，他鬆了鬆領結咆哮，那大叫聲大得連對面街的我也清楚入耳。

「啊，Sor呀！」撞到經紀的後生回頭道歉。

「咩叫Sor呀？係唔係連Sorry嘅人話都唔識講！」經紀不滿的原因瞬間改變，我停下往前腳步，回頭往這齣街頭花生的方向走，像我這些看戲的路人不少，短短幾秒已經聚集了一群人。

「撞到下啫，洗唔洗咁嬲呀？有病返精神病院喇！」少年停下與他隔空對罵。

「你講乜？夠薑講多次！」中年經紀大步逼前，挺胸作裝。

「我怕你有牙啊？我同你講！有、病、返、精、神、病、院、啊！聾人！妖，有料就打我囉，講乜經……」

少年的餘音被突然的拳擊打散。

他應聲倒地，剛想爬起，下巴又捱了一記上勾拳。

超糟糕的男人。但我相信那下碰肩絕不是氣怒的原因，他要擊倒的亦不是少年。比如說，他想痛擊剛才炒了他的老闆，又比如剛得知身患絕症，又比如像我這樣，剛失去至親的發洩。

如果這樣的人被自燃就好。

我心裡如此想。

可惜的是，他絕非光之代的臉孔。

可憐的少年又捱了幾拳，口裡吐血，迷糊的眼神裡閃過憤恨，他咬緊牙關，抵住昏厥，抓住旁邊的垃圾筒借力，曲起膝，往上猛頂！命中經紀胸口，他滾地悶叫！

然後，幾乎同一時間，大腦訊息爆炸。

眼，看見突然四散的花生友。

鼻，嗅得香噴的烤豬味。

耳，聽到機械聲：「目標確定為『篡改基因罪犯』，進入強制制裁倒數三秒。」

我步入慌亂的人群，逆流而行，人影過後是一陣煙幕，拂開煙霧只見嚇呆的經紀。

就是說，被自燃的是……

目光左移，少年身靠垃圾筒，一叢火海在他的肚皮翻滾，他垂視蔓延的烈焰，驚恐大喊：

「救、救命！」

「咦？」走近了，我才驚覺這少年是：「新人？」

「怎……怎好！」認識的臉孔令我徬徨膨脹：「對！水……不！」我衝到前面的便利店抓來滅火筒，拔開保險掣便往他身上噴！

手不敢鬆開，一直噴直到最後的氣體噴出……

「怎麼……」手裡的滅火筒驚恐地掉落。

「救我！快！」他一邊哭求，一邊用手撲打肚間的火海。他痛得五官扭曲，眼淚橫飛，短暫又漫長的時間裡，我跟他不約異同地了解到事實的蒼白——火，永不熄滅。

「Apple！」身後傳聲。

「咦？Coco……」

「幫手！」Coco突然捧住棉被出現，是從攤檔借來嗎？

「快！」Coco催促呆滯的我，示意拿好棉被一端，她又道：「用棉被包緊可隔絕氧氣！」

「好！」我們揚起棉被，合力將他包裡。

「應該行了？」火沒有燒過棉被，總算是熄滅。

「不！」Coco咆哮，示意我看那邊，被捲的一端，冒出火光，狂火信蛇般從他的脖子纏到天靈蓋，燒出一把炎髮！

「喂！喂！」我拍打他臉上的火炎，停呀！停呀！怎可為這種小事被自燃！怎可因這種事而死！不要！不要！我連你的名字也不知，可惡！我撲火的手更加快速，直到Coco指示：「攤開被子。」

展開的被子裡，濃煙像幽靈撲出，然後甚麼也不剩了，他的身體，他的骨頭……不對，他身前穿著的衫褲鞋襪，卻完好無缺地殘留被上。

「這……」我啞口無言，一切已經超越常識。

「走開，聖堤軍要封鎖現場。」一群聖堤軍突入，拉起膠條，我跟Coco亦被驅散在外，推推攘攘間我的背撞上別人，我慌張地道：「抱歉……」

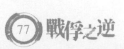

「他的死，倒讓妳有點似人的臉孔。」被撞的男人道。急忙抬頭，是剛才用全知眼檢測我的人。

瞬間，心跳漏了拍子，假如，那男人不只監視我，還監視新人，那麼，剛才來自全知眼的機械聲……是他啟動的自燃指令！

我下意識地拖住Coco的手，含糊不清地自語：「我們……會、會被……自燃嗎？」

「啊，我不會讓這件事發生。」Coco堅決說。

「看。」她拍拍我肩，示意我看。

頭髮半白的男人展示工作證，跟軍人小聲說：「全知部。」便撥起封鎖膠帶步入，找上軍人隊長問：「我要的東西呢？」

「棉被上。」隊長悄話。

男人蹲下，打開公事包，將棉被上的東西收納。翻開棉被時，一隻烏蠅從被中飛撲出來，然後不斷在男人半白的髮頂上盤旋。

「那是……」我差點大叫，幸好Coco用手掩住我的口。

原來殘留的不只是衣衫，還有一隻手掌，他唯一的骨骸被男人帶走。

「身體燒光了，棉被和衣服卻沒有燃燒的痕跡，為何他的手……」我壓低語聲問。對啊，還有那隻烏蠅，牠也沒有被火燒死，還活生生的。

「嗯，還有妳的手，當時不就幫忙撲火嗎？都沒有燒傷吧？」Coco的話突破盲點，我瞧雙手，果然全無赤痛。

「還記得，早幾天的自燃新聞嗎？」她問。

「那宗燒剩一雙小腿的新聞嗎？」

「對啊。看來不是巧合……」她頓了頓又道：「我看，還是約Bella出來問問……」

我同意說：「雖然她有點可疑，但她說我們被盯上了和抗燃的方法，沒有假。我們知道的訊息實在太少。對了，妳為何在此？」

「我失業了。」她苦惱地抓抓頭，續說：「這邊的租金便宜，我來看看有沒有住房。」

「你沒地方住嗎？」頓了頓，我建議說：「要不然跟我一起住吧？」

「以後，不如，我跟妳一起住。」我心血來潮道，我不知道為何這樣說，也許沒有朋友、家人的我，這一刻想要找一依靠，找一個避風港。

「吓？」她難堪說：「像我這樣的無家者……」

「我也是啊。」我已經無家可回。

「可是，像我身體這麼不正常的人……」

「唔？正常人也不會住在隧道裡啦。」我淡然的搶話竟令她語塞，她無法徹底反駁我，我拉住轉身的她，垂頭道：「來吃宵夜，好不好？」我已經記不起，這句話究竟是詢問還是哀求。

我只記得，這一夜是如此奇妙。沒有哭聲、沒有吵架聲、沒有晚風、沒有軍人……很久沒有活得如此自在了。

全世界，只剩我跟她的心跳聲。

八 D的除孽人日記

我叫Dick，今年四十歲，單身。我由聖堤國軍校畢業，是軍人出身，畢業之際，全知部的人接觸我，原來國家希望我擔任除孽人，如是者，我就成了除孽人，轉眼間，已任職除孽人十一年。

除孽人日記（一）

2044年，3月8日，晴

以我所知，並非光之代都有負責人監察，只有生於2035年11月的光之代才需要除孽人監察。

為了讓除孽人行事方便，所以不少除孽人都身兼兩職，在不同的機構任職。我則成為了一間表演公司的負責人進行招聘9歲的高雯（Coco）站在我面前，看著她努力地展示自己，我都甘拜下風，年紀小小既有天賦，亦努力不懈，外貌可愛討人喜愛，相比其他應徵者，她水準好多了，可是……

我在電腦上打開高雯的檔案，臉色一沉，上級似乎視這隻為「棄棋」呢！
根據指示，我不需要讓她通過應徵嘛……

除孽人日記（二）

2050年，6月1日，雨

當除孽人5年了，今天我才收到當除孽人的第一個任務，看來我被觀察了一段時間，才放心交任務給我呢！然而這個任務與失人無關，而是幫助全知部肅清瘀血。全知部轄下有兩個為了監察實驗體而有的設施：「聖堤國孤兒院」及「聖堤國官校」。那瘀血是孤兒院的人，聽說那個人包庇了不少失人，明的：修改文件記錄，影響上級的數據採集；暗的：協助失人逃走。全知部甚至懷疑這人是別國派來的臥底，為了國家安全，必除之。文件上記錄，這個人別人稱她為「修女」。

另外還有一個人亦是他的目標，孤兒院的孩子，高雯。文件上顯示，她或許曾誤打誤撞發現了人體自燃的事。或許嗎？內部也只是猜測嘛？

好奇心害人，疑心病殺人。

除孽人日記（三）

2050年，6月6日，陰

今天我原定是以訪客身份到訪聖堤孤兒院，再找機會下手。還沒到達院舍，就收到總部的電話：「Dick，修女帶著高雯外出了，參加舞蹈比賽，在聖堤市廣場那邊。做點意外，讓她們沒法回來。」簡短的命令像死亡預告一樣。

於是我來到聖堤市廣場，原來正舉辦舞蹈同樂日，其中亦有兒童舞蹈比賽。他到來時，剛巧是Coco的表演。那小小的身軀打扮成一隻天鵝，在舞台上發光發熱，年紀小小在舞台上毫不怯場，音樂終了，台下掌聲雷動，Coco跟修女走回到座位上的路上，剛巧掠過我的身邊，聽得二人對答：

「修女媽媽我厲害嗎？」

「厲害！Coco跳得真好！」

「對吧，哈哈哈！」

「Coco長大後要做舞蹈家嗎？以後都可以享受跳舞，還可以賺錢生活！」

「舞蹈家嘛……好！我要用跳舞來賺很多很多的錢！然後跟修女媽媽一起住！」

「啊？跟我一起住？」

「怎麼？不好嗎？」

「好好好。傻瓜，雖然在孤兒院，但我們現在也是一起住呢。」

「可是……我之前參加表演公司的面試落選了。修女媽媽，是不是我不夠好啊？」

「怎會啦？那時候妳才9歲，現在妳15歲了，想來進步不少，要不今屆面試也參加一下，好嗎？」

「好！修女媽媽也會陪我出席嗎？」

「當然。對了，如果要參加，就得跟聖堤國官校請假……」

像母親與女兒的對話，看來修女家家酒的遊戲玩得挺愉快的。

舞蹈同樂日結束了，修女和Coco乘搭輕軌鐵路離開，我馬上駕駛著一架重型貨車，跟上輕軌列車。此時收到全知部指令，在彎位行動。我的重型貨車在彎位候著，直到二人乘搭的車廂經過……

我立即起動貨車，以高速衝上。「啪」的巨響，車廂翻側了，車廂內有無辜的人受傷了，可是目標人物卻安然無恙，修女果然是受過訓練的人，只見她護著高雯，在翻車之前，退到一邊。

車廂中狼狽的修女，扭過頭來，從撞得變形的車廂內仰望，跟我的目光對上，狠狠地　著我，咆哮：「全知部！」說罷，便想拉著Coco從爆裂的車窗逃走。我立即扭轉軚盤，瞄著車窗，直踩油門，巨型貨車敏捷地衝，那種重量、那種衝擊，確實撞上了。

車廂內尖叫四起，第二次撞擊更令車內的血肉模糊，我探頭俯視——車頭伏著修女半截的身軀，另一半大概折在車底下，如倒水的血漿直流，外露的骨頭、翻出來的神經線……如此嚇人的死亡……

Coco失去了靈魂，她沐浴在修女的血灘中，她蠕動著、掙扎著，像一條瀕死的蟲子，正耗掉最後的生命力，但她的小腿壓在塌下來的輕軌車蓋下，血汩汩流出，然後她意識退去，抱著那染了血的銀盃倒在血泊中。

除孽人日記（四）

2050年，6月10日，晴

今天我才知道，我的任務不算完成了，車禍中死去的只有修女，Coco只是腿受了重傷，需要截肢再縫合。原以全知部的權力，讓Coco在醫院中「失救而死」也不是難事，她卻被救回來了，而且手術成功。追查下，才發現事故後，全知部最高權力者下的命令「全力營救車禍的傷者」。這是為甚麼？不難理解的，想必Coco在某些方面「仍有價值」，否則以全知部作風，豈會留活口？

全知部對修女進行調查，發現她是支持洋國（聖堤國前一個國家）的人，她是有軍階的人，後來整容，混進了孤兒院。現在想來，從軍的人，第一次和第二次車撞之間，時間充裕，她要逃離絕無問題。

應該是……要保護Coco嗎？修女才沒逃走嗎？

除孽人日記（五）

2050年，10月5日，晴

想不到過了幾個月，Coco撐著拐杖來表演公司找我。

原本我也想打發她，可是我敗了、敗了給內疚。死了還好，一乾二淨，現在一個大好青年，一場車禍毀了腿、毀了夢，劊子手正是我。

還有敗給她的懂事、她的認命、她的適應力。

於是我詢問上級，可否跟她簽約，成為表演公司旗下的藝人，意料之外的答覆是：可以。

除孽人日記（六）

2055年，4月8日，晴

今天收到全知部的指示，要求對Coco進行試煉，每個失人都會遇上不同的試煉。試煉多數會是失人著緊的事，例如他們的夢想、他們的親人、他們的寄託等等。除孽人要做的正是對他們著緊的事加以破壞、毀滅，從而檢測他們的精神讀數，如讀數健康，就可以生存，相反，就得除之。

這看似荒謬，但試煉其實是有根據的。

綜觀所有罪犯，犯案的原因都是「不滿」，夢想的毀滅、重要的人死亡等等，都會讓人累積不滿，久而久之，便是反叛、罪惡、甚至是叛亂。

排除不穩定的分子，我同意。

我打開Coco試煉的文件，需要安排的試煉：毀滅夢想。

這很簡單啊，就是中止合約或不再續約。老實說，對於Coco來說，那場車禍早已毀了她的夢想。

沒有比這更殘酷的事了。

除孽人日記（七）

2055年，4月10日，陰

我約了Coco在公司會面，提出不再續約的要求。意料之外，她竟然向我下跪，用她的懂事來哀求我，希望我續約。

一直以來，她都努力地討好著，討好我、討好公司、討好觀眾、討好傳媒、討好孤兒院的媽媽們……也許孤兒院給她見太多了，一些得不到社會討好的人，下場如何、道路有多崎嶇。為了成為社會一員，她把自己的一切都收起，迎合著、迎合著，直到高雯這個人沒有棱角、毫無個性，如同所有的甲、乙、丙、丁一樣普通、虛偽。

她下跪了，我用全知眼檢測，竟然到達臨界點，那一刻我才明白即使如何善於融入社會，即使如何和社會妥協，內心卻是壓抑著、忍耐著，誰說這種迎合社會的人就一定是精神健康的？沒錯，累積的負面情緒，同樣是全知部肅清的目標。

看著她皮笑肉不笑的臉，我透徹地明白到，擁有過再失去，比起不曾擁有真是殘忍多了。

我們僵持良久，終於一個電話解救了我，是全知部的來電，他們說要Coco明天到總部。

於是我跟Coco說：「明天到這個地址來吧，到時跟總公司的人再說說情。」終於她才在下跪的籠子中釋放出來。當然，我口中的「總公司」是假的，全知部的總部才是真的。

九　C：孤兒院的全知眼

Dick拿著全知眼向我檢測的那一幕，勾起我似曾相識的記憶。

關於全知眼的記憶……

是在孤兒院的事，大約是8歲發生的，那時候修女媽媽仍在生。

不知由哪天開始，孤兒們每晚都要在睡前，到教堂做晚禱，修女媽媽帶領孩子讀祈禱文，接著就會進行「儀式」。教堂的燈和燭光都熄滅了，黑得伸手不見五指，然後一隻隻用三角框鑲著的眼珠亮起了，滑轆轆的，眼珠失控地轉動。媽媽們說「眼珠」是神的眼，是神的使者，她們每人都拿著「眼珠」，讓「眼珠」看過全部的孩子。

「孩子，神選中你了。」媽媽每晚都跟某些孩子這樣說，她們說，神正在挑選合適的孩子服侍祂。孩子都期待著，希望與神會面。那時候的我，也如此期望著，8歲那年，其中一位媽媽跟我說：「Coco，恭喜妳，神想見你了。隨我來。」興奮的我立刻跟著媽媽小跳步地走，蹦蹦跳跳地來到地窖，這裡還有十多名的孤兒，媽媽說待會就會進行「儀式」，讓神與我們見面。起初大家都滿心期待的，但後來見到一些軍人、科學家到來，有些孩子就打顫了，開始感到不對了。

媽媽拿著那隻「三角眼」對準我們之際，地窖的門被粗暴地踢開了，踢門的人提著油燈而來，她咆哮：「剛才那孩子的讀數沒到臨界點！」啊？這女聲我認得，是修女媽媽啊！

「那孩子？妳說Coco嗎？」拿著「三角眼」的媽媽說。

「對！」修女媽媽大吼。

空氣變得緊張起來，隱約間我看到修女媽媽把那媽媽拉了出門，我在黑暗中依著門框，偷聽著她們的對話。

「妳搞甚麼！為甚麼要把她抓進去？」先說話的是修女媽媽。

「我為妳好！妳的家家酒遊戲想玩到何年何月啊？會害死妳！」另一位媽媽說。

「不用妳管。」

「時代變了，回不到從前，全知眼是新世界的秩序。」答話人壓低聲音說，接著她晃動手上的全知眼，續說：「我替妳除了她，那是後患。」說罷，她轉過身，急步走進來，對準我就啟動了全知眼……

「全知眼正在啟動。」

「數據生成完畢。」

「目標確定為『篡改基因罪犯』，進入強制制裁倒數三秒。」

「甚麼？」修女媽媽抖著。

「三。」機械聲無情地播著。

「不！」修女媽媽盡量壓低尖叫聲。

「除孽人的守則一：消除社會裡的孽障。守則二：激發孽障的反動，肅清危害社會的潛藏因子。」她像一台機械一樣不斷碎碎念。

「二。」全知眼的倒數仍然繼續。

「瘋了！妳被洗腦了！守則守則，這是甚麼鬼守則！。」修女媽媽從後撲上前。

「一。」倒數進入尾聲……

「它才是孽障！」修女媽媽像兇狠的野獸，一手搶下被高舉的全知眼，猛的一摔，就著魔地踐踏。「啪啦」的碎裂聲從腳底漫延，當她移開皮鞋，地上是三角形的殘骸，以及一灘黏答的鮮血——來自眼珠。

修女媽媽急忙扭頭，看到呆若木雞的我，她才稍為冷靜下來。

後來發生甚麼事，我也沒有印象，也許是驚慌吃掉了記憶，不過我只記得，在地窖看到的媽媽、孩子、科學家，都沒有再見上一臉。

十C：全知部——起

我從孤兒院的夢中惺忪醒來，發現自己在隧道的床墊上，晨光從隧道口的一端溜進來。身邊的Apple仍呼呼大睡。

當天修女媽媽踩碎的全知眼，我偷偷地拿了一塊碎片，收藏在隨身的錢包裡。取出那塊碎片，拇指般大，躺在掌心中。這是當年修女媽媽踐踏全知眼時彈飛出來的碎片，剛好勾在她的毛衣上，醒來發現了它，便收藏起來。想不到昔日往事，與今日連結，我拿著碎片把玩，碎片米白色的，不像瓷器的象牙白，這種質地、這種森白……

腦海閃過昨晚除孽人回收殘肢的畫面。

難道說，這全知眼是人骨製成的？

「嗨！」我的思緒被突然的叫聲中斷，抬頭一看，那奪目的紅袍撲進眼底，是Bella，她燦爛地笑說：「早安！」她的嗓音把夢香中的Apple喚聲，她惺忪地看了看我，又看了看Bella，一邊打呵欠，一邊疑惑地問：「怎麼？Bella會在呢？」

「哈！」劉螢指著石牆上「Subway」鐵牌笑道：「這是公眾地方，我在附近居住，這隧道是必經呢，要不然那天我怎會在隧道碰見妳啊？」

合理的解釋讓我和Apple都沒再追問。

忽然，我打了個冷顫，感受到一股奇怪的視線，轉過頭，才發現我被劉螢盯看著，「怎麼？這東西妳有興趣？」劉螢的目光從沒離開我手中的殘骸，她又問：「全知眼？」她問。又喃喃自語：「好像是很久以前的碎片。」

我嗯了聲，又道：「正好，我有事想問妳。」

「關於它？」劉螢指了指我手中的碎片，續說：「這裡不太方便說話吧？我們換個地方。」

於是我們來到市中心的「自助咖啡店」。

租借了一間小型會議室，我們內進坐下，我就拿起架子上放著咖啡豆的瓶子，倒出一杯咖啡豆，挑出劣豆：缺了角的掉、表面粗糙的掉、太細小的掉、氣味欠醇的掉，只把優質的咖啡豆倒到咖啡機裡，幾分鐘後我將兩杯香濃的咖啡送上。

果然相比Apple，我跟劉螢的相性較近。前者皺眉大叫苦澀，劉螢卻說：「真好喝，比店裡好。怎說，這種黑我喜歡，沒有雜質的純黑，挺不錯。」

「嗯。」我把玩手裡各有毛病的咖啡豆又說：「雜質來自它們，挑掉就好。」說罷把豆撒進垃圾桶。

她呷著黑啡，柔然一笑，我凝視她倒影在黑啡上的笑容，笑意墮入黑洞，好像另一個人的笑。我托著頭看著她把黑啡喝完。在我看來，黑啡帶有自虐色彩，不喜是因為拒絕痛苦，極喜皆因將痛苦化為糧食。理解陰暗的人，也就懂的黑啡哲學。

「唔，太苦了。我想要那瓶礦泉水。」Apple頻頻咳嗽叫苦。

我遞上樽裝水，打量放下咖啡杯的劉螢，直截了當問：「告訴我，全知眼的由來。是不是由被自燃者的殘肢加工而成？」

「吓？」Apple一臉糊塗，而劉螢笑道：「真厲害的洞察力。」

要不是碰上回收殘肢的人，要不是修女媽媽把全知眼踐爛，我也不會連繫兩者。

「三角形白色的部分並不是瓷，而是用殘肢的人骨重組而成，對嗎？」我把玩手中的碎片問。

劉螢應了聲對，我再追問：「那麼眼球是由殘肢的肉組成嗎？」

「不是。」劉螢爽快回答：「是活生生的眼。它埋藏在殘肢中。」

「殘肢裡藏住眼球嗎？那天除孽人回收新丁的殘肢，就是要從裡面回收眼球嗎？」Apple一邊疑問，一邊喝水。

「大概如此。」我答。

「殘肢裡不只一顆眼珠，據我所知，有時四、六顆，有些更有上十顆。」劉螢補充。

我沉思半晌又問：「如果我這樣理解，我們身體被注入的疫苗，把人類的精神力量當作糧食，最後形成眼球，它同時是我們體內引發自燃的兇手，只有埋藏眼球的部分不會自燃，所以產生了殘肢的現象，而眼球的位置會隨血液流動變更，所以只有引發自燃後，才能回收眼球。對吧？」

「妳不像詢問，而像下結論呢。」劉螢沒有否認算是無誤，於是我再問：「另一個問題，為何自燃沒有火燒的痕跡和特徵？」

「我想那不是火，只是似火不是火的物質。」

「妳想？」言下之意，她亦不知。

「抱歉……」Apple膽怯地舉手問：「既然是活生生的眼球，究竟是誰的視線？」

她的提問讓我跟劉螢同時錯愕，對啊，我從沒想過這點。

是誰的視線，是誰的眼球？

這個問題顯然沒有答案，只好直接無視，跳到另一個令我在意的地方：「最後一條問題，為甚麼，全知眼的機械聲，都涉及『基因』兩字？」

劉螢木然地看著我又望望Apple，似在盤算，良久她才道：「不如去看看。」

「去哪？」Apple問。

「全知部。」

「吓？」我跟Apple異口同聲，我追問：「妳知道在哪？」

「嗯嗯，我知道啊。」

她的回答出乎意料。

劉螢緊了緊浴袍的綁帶，滿不在意地道：「在全知部的入口轉悠也沒關係。畢竟入口也是大眾正常出入的地方嘛。」

「妳如何知道具體位置？」Apple也起了疑心，總覺得有說不出的可疑。

「拿著全知眼的人叫『除孽人』，我隨便抓位除孽人，恐嚇他讓他透露。」她和盤托出，一切不似砌詞，我在孤兒院都見不少了，但我難以相信來歷不明的她，忐忑之時，Apple竟然興致勃勃：「難得今天跟肥老闆拿了病假，在門外徘徊一下也可以吧？」她轉過頭來，問我：「一起嗎？」

「我不……」我想拒絕之際，Apple打斷我：「我想去。去看看控制、玩弄我們的地方。」

「看了又怎樣？把它燒了嗎？」我理智的反問果然讓Apple語塞：「這……」我趁她猶疑便步步進迫：「既然甚麼也做不了，去來幹嗎？」我想起孤兒院的事，那一張張無辜的臉孔、那一張張只看過幾面，就在「儀式」的火下消失的臉孔。

「Coco不去，我陪妳去，Apple。」劉螢的自動請纓說。

「好！」

我警戒地瞄住兩人，這兩人都不知道，全知部心狠手辣，連幾歲的孩子都不曾放過。不過，只在附近徘徊，也沒問題吧？

「一起去吧？」Apple問我。我看一看時間，搖搖頭說：「抱歉，我公司有點事，有約了。」

看著Apple眸裡的星光殞墮，我知道，我成了無情的摘星者。

我走了。

看著Dick給我的地址，在網上搜查，心裡咯噔一下，這位置就在孤兒院附近啊！我一拐一拐地上了輕軌，在車上，回憶像雨打一樣，當年修女媽媽跟我正是坐輕軌遇險的，她不應該死的……

全知部——修女媽媽在死前咆哮的名詞。現在的我才開始明白，這是權力的代名詞。

唉，心裡充滿不安，Apple和Bella想要全知部去。但我真的不想再碰那淌混水，好不容易成人了，好不容易離開那孤兒院，好不容易生存下來……

到站了，我在聖堤市北部下車，北部有一個特點，整個北部的四周都圍了高壓的電牆，而進入北部的牆內，只有一條進出的通道，出入的車輛和人，都要登記。北部集中了一些非常用的政府設施，像是精神病院、孤兒院、監獄、軍人訓練營等，要不是後來寫字樓、大學和聖堤國官校的出現，這區早已被標籤。

離輕軌站二十米，就會看到那座教堂。

聽說這座樓高三層的教堂早已廢棄，所以二十多年前進行翻新，成了孤兒院。教堂的純白大門上有一隻巨大的天使，代表慈悲、愛、包容，現在想來，何其諷刺！

孤兒院教堂旁邊，有座新式的寫字樓，看來這就是總公司的大廈，Dick在不遠處向我招手。

「這個地方懷念嗎？妳好像從那邊長大的？」Dick指了指對面的孤兒院。

啊……一點也不懷念。我心裡如此苦笑著，對著Dick我卻裝作感恩說：「對啊，要不是這裡收留我，我想我已餓死街頭了。」嗯，這句話也沒錯。

「那麼要去探望一下嗎？」Dick的建議令我愕然，我婉拒：「下次吧，今天要來傾合約。」

「嗯。」Dick帶著我走進寫字樓。

十一A：全知部——承

Coco走後，我（Apple）跟劉螢仍在咖啡室內，小聲地說著全知部的事。

「全知部有四處基地，我們可以去最安全那個，在東部。」劉螢說。

「好。那最危險呢？」我問。

「全知部有四處基地雖然不是祕密，但很少人知道的北部基地，卻是最危險的。」劉螢續說：「因為那是全知部的人體實驗囚室。」

「北部，我以前上的小學都在那邊。」

「聖堤國官校嗎？我也是呢……那裡的學生。」

「原來我們是同校啊？」

「沒甚麼好奇吧？聽說是官方規定『光之代』的孩子都必須入讀這所學校，別無他選。」劉螢像一本發聲的百科全書一樣，說著我不懂的事，我又好奇問：「北部的基地在那？小學生的我有機會看過呢！」

「我看看……」劉螢打開了手機的地圖，指了指北部的位置，說：「聽那些除孽人說，是這一座新式的寫字樓，妳小學生的時候，應該還沒落成吧？」我看了看地圖上的地址，心悸地「咦」了一聲，道：「Coco說要去的總公司，也是這個地址啊！」

「甚麼！」劉螢的咆哮聲，惹來四周的側目，她立即壓下嗓音，跟我耳語：「妳說真的嗎？如果是真的，她大概是被除孽人誘騙過去呢！」

「嗯，怎麼辦？Coco說過她也被全知眼掃瞄過，除孽人是盯上她吧！」我立即打電話給Coco但都沒有接通，著急的我左思右想，建議：「我們乘的士吧，看看能不能早一步到達，截著Coco。」

劉螢深思片刻，最終也點頭答應：「也行，在門外截住，都安全，要萬事小心。」

半小時的車程，我們乘的士來到北部，劉螢向守在北部閘門的登記人詢問，是否有高雯這人出入，而確定的答案換來我的焦急。

事實上，我也不明白為何我要焦急，父母和小弟的生死、安危，都無法讓我提得起勁，即便是工作的地方，也沒有留戀和感情。生命中的人物，好像都不重要、不值得記掛。Coco可以算是初相識的朋友吧？或者她跟我一樣，既沒父母又沒依靠，我才會想親近她，彷彿是照顧另一個自己一樣。

影。

劉螢領在前，指著不遠的大廈。

西裝男在大廈裡出出入入，不用說，他們一定是除孽人，忽然我在男群中捕捉到熟識的人

「Bella，看，是他。對我用全知眼的除孽人。」我跟她耳語，示意她瞧入口。

「哪個？」她也探出半眼張望。

「頭髮半白那個。」

「看不到……」劉螢全神貫注凝視，忽然高呼：「啊，是Coco。」

循她手指的方向望，果然見到Coco身影，有一名西裝男領著她走。我樂透了，正想追上前，

卻被一批剛出來的人擋住，下一秒，Coco已經跟著那男人一拐一拐地走了進去。

「呃、怎好？」我口齒不清。

「打電話。」劉螢催促，我取出手機，打電話給她，卻通話失敗，大概是北部的電牆影響吧？

「跟上去。」我已經在這秒間決定了。

「吓……」劉螢難以置信地望住我，反問：「妳當那些cctv呀、紅外線呀、密碼鎖死的嗎？」

「可、可是不能見死不救啊！」沒錯，Coco是被誘騙到來的，身在危險中。

劉螢苦惱地左思右想，看準了擦身而過的西裝男，就左腳疊右腳，一跌一碰，剛好撞上男

人，男人被撞個猝不及防，二人一併倒下。

「對、對不起！」劉螢一邊歉意説，一邊拉著對方的手，還拍拍他西裝上的塵。這瞬間，我金晴火眼地看著了，劉螢拍塵的手，一邊拍，一邊使壞地伸進西裝的衣袋裡，敏捷一拈，就把一張卡收進手腕的衣袖裡。

被撞倒的西裝男本來一臉憤怒，或許是看到女生的臉孔就抑壓了怒火，站起來就一言不發地離開了。

「試用這個？」劉螢從毛巾浴袍的衣袖，抽出兩張智能卡。

「為甚麼有兩張？」

「一張是剛才妙手空空『借』來的，另外一張是在下車時，在別人身『借』來啊！」劉螢興致勃勃地解釋著。

「妳正職是小偷嗎？」劉螢純熟的手法真的令人歎為觀止，看來她的情報，都像這樣，用不同的方法偷來的。

劉螢把其中一卡交到我手後，我們就壓低臉走近寫字樓的大門，接著各自在口袋拿出職員卡，快手刷卡，箭步地竄進入口，我們找了一個角落才低聲耳語。

「不知道有沒有祕道呢？」我支吾著。

「有祕道讓我知道的話，那還叫祕道嗎？」劉螢說。

「有沒有後門呀？前門人太多。」

「後門也有cctv吧……」劉螢一邊說，一邊把玩著職員卡，續說：「這張卡應該可以通行不同的地方吧？」

「剛才我隱約看到Coco走到那邊了。」我指指北邊的通道，於是我們利用職員卡，大搖大擺地走進去。

豈料，北道的閘門一開，迎面走來穿便服的美男子，深啡短髮，左耳戴著環狀的閃石耳飾，他望望我，又瞥向我身側的劉螢。

「他望住妳……」我小聲說。

「看，又看了。」我悄悄話。

「只是望住我的浴袍，要不我除下？」

「會惹來更多目光吧？」看著美男子離開我才說：「那個男人長得很俊。」

「吓……原來妳是花癡。小心啊，美男多是騙財騙色。」

「他實在太養眼。不對，他會不會察覺我們是……所以才盯著我們？」

「除孽人的圈子很大，陌生臉孔只會當作新人吧？或者他跟我們一樣是潛進來吧，哈。來！下個路口拐彎，那邊人少。」她拉住我來到偏僻的走廊。

「啊，在前面！」在另一端走廊，看見那肥腫、畸形的背影，我剛想高呼，卻被劉螢強掩嘴巴。

「噓，傻了？」

我都忘了我們是光明正大地潛進來的。

就在我說抱歉時，突然有名青年一邊「Yeah、Ho」一邊跑，泰山上身似的，這隻人猿跑過我們身側竟出言挑釁：「哇哇哇！有兩個大嬸阻街！看我跨過人欄！」說罷輕身一躍就從我倆頭頂飛過，然後就飛跑到走廊的另一端。

「這是甚麼……」我汗顏地問。

「我想是練習……跨欄？」

「吓？」

「別激動，小聲點……」

沒錯，現在最重要的是找到Coco，絕不能惹事，所以我踏實地走，加快腳步地走。

我們在另一端，看到Coco推開盡頭的門，閃身內進。

當我倆趕上，推開同一道門，竟然來到一間隔離室，小小的正方箱，由五邊透明的壁包圍，剛好容納兩人，五面壁，無前路，身後的門也被一面壁隔絕，無退路。

我倆困在室中，但前面，壁的外面，是一空曠無物的廣場，廣場中心有一孤單人影

——Coco。

在困室中拍打五壁，瘋狂呼叫，卻像柏林相隔。

這所隔離室看來是特製的，把我倆困住，也把我們的攻擊、叫聲、焦慮困住。

壁外的Coco聽不到看不到我倆，而我們，卻清楚看著她。

看著她跟一男人相遇。

十二C：潛入全知部——承

我（Coco）隨Dick來到北道的走廊盡頭的門，Dick拍一拍職員卡，我們便一起來到這一個空曠無物的廣場。

「咔。」巨響，身後門，被鎖。

胸口忽被棉花堵塞，似乎有不祥預兆。

空盪無人的空間讓我明白這裡並非辦公室——這個地方與續約無關。

「圈套嗎……」我咬牙。

「妳好，妳是高雯對吧？」磁性男聲在偌大的廣場中回盪，片刻，聲音主人從半空的升降台落下。他步出升降台與臉色焦黑的我對望，我認得他標誌性的半白頭髮：「回收Apple同事的除孽人，對吧？」

「呵，好記性，我叫Eric。」六十來歲的男人看上去風采依然。

「如果我說投降，你們會不會放我走？我是非常合作的人，有甚麼事需要如此勞師動眾呢？」

完全被將軍的人，最好認清敗北的事實，孤兒院發生過無數掙扎求存的人，但都無一善終，於是我學會了最厲害的生活技能——妥協。我看了看遠處的Dick，希望從他的表情中猜得事情的端倪。

「甚麼投降？妳已經是戰俘啦？」Eric恥笑。

我瞇眼等待他的解畫，他卻悠然地點根香煙，吸了兩口道：「妳不是一直跟這社會打仗嗎？我們迫妳自燃，妳卻對抗自燃，是這個時代的戰爭，懂嗎？」Eric吐出兩團煙霧：「妳卻戰敗了。」

「說甚麼……」正想發問，卻憶起昨晚的畫面——「篡改基因罪犯」。

「沒甚麼，我只是替負責妳的除孽人擦屁股。」說話間，他瞄著對面的Dick，似乎暗示口中的人就是他。

「容許我重新介紹，我叫Eric，是除孽人的元老。亦是開創除孽人制度的其中一人。」

「原來除孽人老早就盯上我嗎？我已經肉隨砧板上吧？唉，我還以為像我這種迎合社會的聰明人，可以平平安安地過這一生。」預感跟我說，或許無法逃離，或許下秒就會被自燃。

Eric走到我面前，又呼出煙團，淡說：「只想讓妳知道，我掌握全知部的資料，亦掌握真相。包括作為『妳』的真相。」

「是甚麼意思……」煙味讓我有點頭痛。

「妳的願望是『成為人類』嗎？」

「願望？」我慘淡地笑了笑：「有好多啊，比如說在台上跳舞，比如說得到觀眾的拍掌。要不是這個願望，我才不會被你們釣上來吧？」

「是嗎？」Eric用洞悉一切的口吻反問。

沒待我發問，他續說：「修女，在孤兒院照顧妳的修女。」

我瞪著眼，為何會提及她啊？

「修女，她原名Fiona，如果還在世的話，現在應該五十歲了。」Eric的口吻像細訴著故人的往事一樣。

我不解地皺著眉，心裡卻卜卜亂跳，彷彿預兆著那命運多舛的調子。

十三 F：潛入全知部——承

我是Fiona，2030年時，20歲。

雖然我出生於聖堤國建國十年（2010年），但我的父母，卻是洋國的軍人，舊國已亡，心卻不亡，他們總是記掛著復國的事。人類的歷史就是如此老土，國家更迭初期，總有些餘孽，期望以卵擊石，而我的父母正是這些雞蛋。

為了復國，父母把我當作軍人訓練，教會我當間諜、潛行甚至格鬥的技巧。我們這些效忠舊國的後代，連結一起，組成「復國小隊」潛入全知部。聖堤國建立之初，人才欠奉，全知部更是缺人，我幸運地，憑著一身技藝，被選入了那個人的親衛隊——推翻洋國，建立聖堤國的男人，Frank。

2030年，那個55歲，正值中年的Frank，對我關照有加。他從前是一名家喻戶曉的科學家，他不時教我科學的知識，然後，開始告訴我，推翻洋國的種種原因。他的眼底總是閃爍著期盼的星光，那雙目宛如深淵一樣，讓直視的人沉下去，不能自已。

「妳知道嗎？當我得到一個國家，我無時無刻都想著，如何創造一個大家都幸福的世界。」眼眸的星光流轉，彷彿他就是宇宙，創造著一顆又一顆的星辰。

「這算是奢侈的夢想，還是自大狂妄的夢想呢？」雖然我取笑他，可是心裡卻欣喜著，對我來說洋國也好，聖堤國也罷，只要是明君，人民就會幸福快樂。

「是偉大的夢。」我覺得是妄想的事，Frank卻堅定地笑，讓我都開始相信他，甚至被他的憧憬、盼望吸引著，漸漸地迷戀上。

在接下來的四年，Frank竭盡所力地追夢，那些地下組織、黑幫勢力、販毒集團等等，只要是破壞社會安寧的，他都不留餘力地一一排除。他的魄力化成魅力引誘我，隨時間增長，我甚至愛得不能自拔，忘了身份。

我竟然主動上了他的床，我竟然有一種衝動，想為如此出色的男人生兒育女。沒錯，當我醒過來，記起自己間諜的身份時，我發現我有孕了……

父母知道我懷了滅國仇人的孩子，二話不說就當頭棒喝：「打掉他。」

我當然不依，為了擺脫父母的控制，我整容、削骨、變聲、改頭換臉、改名換姓。在下一年，2035年，我25歲時，我生了她，我跟Frank的孩子。

避免父母和「復國小隊」追殺孩子，我能做的就是棄養，斷絕和孩子的血脈。整件事只有同樣被訓練成間諜的摯友知道，摯友還幫忙送孩子到聖堤醫院做檢查。她同是潛入了全知部的間諜，所以她以全知部人員的身份，修改了孩子的基因報告，父母都填寫了一些已死之人，偽造成父母雙雙身亡的背景，避免全知部溯流追源，查得高雯的來歷，招來殺生之禍。我的孩子因此有了「孤兒」的身份，在摯友的安排下，高雯進了聖堤孤兒院——同時也是摯友潛伏在全知部負責的部門。

後來我也靠摯友，用整容後的臉孔、偽造的身份，再次進入全知部，轉折間我終於派到孤兒院工作，我看到牙牙學語的女孩，一碰一跌的，努力地學習爬行，煞是可愛。一歲的她，笑容甜蜜、天真無邪，可惜妳沒有媽媽爸爸，我，也只能遠遠的守候妳了，我的女兒高雯。

「修女」是我在孤兒院的代號，我原為一直候著她、保護她，讓她成長就行了。豈料，我這個小小的願望，原來和聖堤國整個國家為敵，與孩子的爸爸Frank為敵。我跟摯友在孤兒院任職久了，才漸漸接觸到內部的機密。原來Frank「戰俘之願」的計劃早就以孤兒院為試點，一條龍式，小學則是聖堤國官校，還有中學、大學，監管住那批「光之代」。

誰會想到，Frank透過疫苗接種，植入不知名的病毒，從而監控人的精神能量，這種監控要比監控言論、思想、行為等方便太多了。憤怒、不滿，自然會累積負能量，不理原因，只要精神能量到達臨界點，全都排除。衍生的是，自卑、忍耐、痛苦、悲傷都是負能量的一種啊……

「Frank，這就你偉大的夢嗎？」我忍不住恥笑自己，當初希望孩子活在他理想的世界中，感受父親的偉大。究竟是我天真還是站在道德高地，我無法認同呀，用犧牲換取的幸福夢。

可是，我不打算阻止他，我知道Frank是那種遇佛殺佛的人。既然知道女兒要活在「戰俘之願」的計劃中，我就得好好保護她。

從小，我就教Coco懂得接受現實，懂得和社會妥協，懂得和自己妥協。尤其最後一項，放過自己，人沒甚麼大不了的原則。所以她總能通過每次全知眼的檢測。

一直相安無事，直到Coco 8歲，同在孤兒院工作的摯友竟然Coco捉了她，她想利用全知眼，殺了我的女兒。

「她是我……，妳怎可對她下手！」我拉著她欲言又止。

「全知部來了個女人，不，是少女，才十多歲，有了那少女，Frank簡直如虎添翼。老實說，潛伏多年，我覺得全知部的想法沒有錯。即使我認同，但Coco身上的東西太危險了。」

「甚麼意思？」我聽得一頭霧水。

她跟我說，因為病毒疫苗不能即時製作，原本打算破壞Frank「戰俘之願」的計劃，所以我們的「復國小隊」搞出疫苗車輛翻側的事故。車禍導致原來的疫苗不足，所以Frank在車禍發生的11月使用了「原生疫苗」，之前只用「複製疫苗」。

我老早知道，美其名的「疫苗」，其實是洋國研發出來的「病毒」。以我理解，「原生疫苗」應全是「活的病毒」，有更強的繁殖力、毒性；「複製疫苗」則殺死了大部分的「活的病毒」，病性較弱。

「在當年11月注射了『活的病毒』的孩子很多都在兒時死去，敵不過那高濃度的病菌。那位少女，她對仍活著的『原生疫苗』宿主展開研究，我不知道她研究到哪個地方，得出了甚麼結果。只知道她跟進的個案，無一善終。她，追著記錄，看上了高雯，她繼續摸下去就會找到妳，甚至是我們這些洋國的後患啊！」摯友慌張的語調，開始變得大義凜然：「我為妳好！妳的家家酒遊戲想玩到何年何月啊？會害死妳！」

後來，我殺了他們，殺了那位為了我而傷害女兒的人，殺了那天在場的孤兒，對我來說，殺人的技術已給父母訓練得出神入化，殺戮更是家常便飯。

為了女兒，我絕不手軟。

十四C：潛入全知部——轉

Eric像修女本人一樣，把她的生平一五一十地告訴我。

「怎會……」我雙手發抖，的確，Eric所說的事，與我記憶中的往事吻合。

我的大腦像打樁般被無情撞擊，困於底層的靈魂從破開的地表裡鑽出，它圍住我的頭顱打轉，彷彿想打開我的天靈蓋，回到屬於它的家。

想要回家的記憶……

那場車禍……

「Coco妳沒事嗎？」貨車如蠻牛一樣撞上輕軌，修女在衝擊前用力地抱住我，閃到車廂的一邊，本是死裡逃生，修女也拉住我要逃，可是我卻哭住對她說：「不！我的獎盃！我的獎盃落在那邊！」我指著埋在碎礫中，閃著銀光的獎盃。

「不要了！先逃！會沒命的！」修女蠻力地拉著我咆哮，我卻甩開她死纏的手，一邊往獎盃那邊跑，一邊哭訴：「我不要命！我要獎盃！爸爸媽媽都不要我，都死掉，沒命就沒命，都不重要！誰會理會！」我像脫韁野馬，奔向那邊，東翻西找，終於在頹垣敗瓦中找到我的心肝寶貝！我抱緊它，感動地大哭，擔心再次失去。

忽然頭頂傳來溫暖，是修女的撫摸，她憐惜地說：「小傻瓜，哭成這樣。它就這麼重要嗎？」

「嗯！」我瘋狂地點頭，孤兒院只能唯命是從，唯獨跳舞，可以讓我喘一口氣，讓我生存。

「Coco啊，妳要記著我的話，爸爸媽媽好不容易才生了妳，妳要努力生存，長大成人，喜歡跳舞就去跳，只要活下去，就可以做喜歡的事。」修女一邊抱著我說，一邊轉過身，對貨車上的人吼叫：「全知部！」然後巨型貨車就迎臉衝來，半秒間，修女在我的耳畔輕聲說：「媽媽在啊，媽媽沒有不要妳，乖女，活下去，媽媽想看到長大的Coco。」話畢，如天使地笑了，輕輕一推，把我推到一旁，「嘞！」巨響，修女被捲走了，我的臉我的眼，全都是那個人的鮮血，顫抖著，我抱著銀閃的獎盃顫抖著。

「媽媽嗎……哈。」我從回想中驚醒，原來修女的遺言是真的。淚水從眼眶滾滾直下，媽媽啊媽媽，當天是我殺了妳，我為了獎盃，殺了妳！

Eric抽了口煙：「妳心裡早已知道吧？是妳殺了自己的媽媽。討厭自己的妳，卻因為媽媽的一句『活下去，想看到妳的長大』就活下去。榮格曾說：對於普通人來說，一生最重要的功課就是學會接受自己。看來妳沒完成呢？」
「所以我努力生存，像贖罪一樣？」我苦笑，為何我自身的事，卻尋求外人的答案？最可怕的是，我無法反駁：殺了媽媽。我的記憶也確鑿地告訴我這個事實。
他一語道破地回答：「人類總要為行為尋找原因：意義、有沒有用、價值、目的……我們都是如此長大吧。」
是這樣嗎？我洞悉到自己殺了媽媽的事實，但是我欺騙自己，跟自己說，那不是真實，心底裡卻贖罪一樣，希望達成媽媽的遺願。也對呢，人類在創造中得到記憶，在篡改和修正的想像、欺騙中找不到岸。
與其要我很著這種爛身體終其一生，倒不如要我死更好，每當我這樣想，耳邊就會響起她的遺言：「乖女，活下去。」人為何要活得如此痛苦？自己都不想活了，卻活在別人的期望下；都不想努力了，卻要付出萬二分的努力。
我是誰？誰是我？
此時，Eric的耳機傳來女聲的指令：「啊啊，那傢伙快不行了，在『原生病毒』吃掉之前，殺掉，讓我好好研究。」

我疑惑地看著Eric，只見他「唉」了一聲，然後從背後取出一把手槍。

忽然一下槍聲擊碎我的迷思，抬起眼皮，一枚子彈迫近。

呼！

「妳搞甚麼？」Dick衝上前，躍身將我撲倒，子彈騰空飛過。

「糟糕了，看著你遇險，我忍不住就撲出來呢……」Dick抱著我在地上打滾，我搞不清他的情緒，這是著緊？憤怒？

「Dick你這是倒戈嗎？背叛全知部嗎？」Eric的槍口瞄準Dick。

「不是……只是不忍心，修女轟烈地死在我的眼前，以她的身手，絕對可以逃，但她愚蠢地留守了，是因為愛。」Dick搔搔頭，自嘲著：「我呢，稍微看不過眼。或者……我像Coco一樣，在贖罪，殺了別人的母親，就得要保護人家的女兒。」

「你是那個司機？」我還懵懵地問。

Dick沒回應我的疑問，只舉起槍對準Eric，二人舉槍對峙。

「Eric叔，你明明不是長篇大論的料，今天卻像開籠雀？」Dick一邊護著我，把我拉起來，一邊持槍對著Eric。

「哎？我也不想，高小姐比預期早來，尚有空閒，就說說往事。」

「預期？」Dick拍拍我肩，小指悄悄地指向角落圓形按鈕，一瞥，應是閘門的開關掣。

「還有三分鐘嗎？」Eric看看懷錶，又道：「我挺抗拒做這樣的事。但那個人安排的對話、情節、實驗，萬般不想也得敷衍呢。」

Dick在記憶摸索「那個人」的可能性，含糊地道：「局外人……劉螢？」

我慢慢拖著笨拙的身軀，移到牆邊，按下開關掣。「唰！」聲從入口傳來，幾堵隔絕空間的壁慢慢降下。我瘋狂按掣，希望加快降下的速度，半掩的壁首先鑽出紅色身影。

「Bella！」我急呼衝前，卻被Dick扭頭吼住：「別過去！」

「呯！」的槍聲響起，鮮血在Dick的手臂迸發，子彈的軌跡竟然是來自劉螢！

「呀！妳怎麼有槍？」Apple的聲音從劉螢身後傳來。

「Coco，她們跟妳一起來？不，準確說，妳倆被劉螢帶進來嘛？」Dick強按傷口，臉色慘白。

「想不到你來破壞我的計劃，任務經常失敗都算了……現在來妨礙我，你找死嗎？」五壁完全降下，暗紅的毛巾浴袍成了唯一的焦點，以往熱情的紅，如今似冷酷的血，像她現在的神情。紅色的死神迫近。

「是劉螢指令殺死修女的！」

——呯！

「她要我把錢交給Apple的父母！」

——呯！

「妳！洗碗的！她是殺妳弟的兇手！」

——呯！

「別相信這隻……惡、魔……我」

——呯、呯、呯、呯、呯、呯！

Dick的話與槍聲交錯，直到成了槍聲的獨奏，劉螢才垂下槍，喃喃：「我是惡魔，嗯，是世界創造了我，誰想生來就是惡魔……」

她的側頰和毛巾浴袍沾上一片片的血瓣，她扭過豔臉，對我嘆氣，舉起手槍，一邊瞄準我，一邊用扭曲的表情說：「眾多的原生病毒的實驗體中，原本我也看不上妳的。只是調查到妳和修女的故事……妳的媽媽，對妳的犧牲、愛、愛護，全都在我認知以外。想不到世上是有幸福，也有幸運，妳看啊，連一直旁觀的Dick都幫妳一把。」說到此，她扭過頭矚著Eric，弦外之音般說：「不像某人呢……」

她回過頭，笑得猙獰嫌說：「我祝福著別人得到幸福，可是我內心卻嫉妒著，幸福的光太過奪目、耀眼，忍不住想摘下來，狠狠地踐踏一下，看它會變成哪種模樣。另一方面也想看看一位媽媽能做到甚麼地步。而且，我也可以報復呢，妳的生父Frank，一直不知自己有名女兒，待回我就跟Frank說，你的女兒和女人都給我殺了，真想看看他老人家的表情啊！」

「妳傻嗎？妳告訴他是想找死嗎？」Eric用斥責的語氣說。

「嘻，像我這種好用的工具，他才不會殺我，最多懲罰一下我。」她扣下扳機……

呯！

子彈如流星般迫近。

我想破口大罵、瘋狂尖叫，但第一粒音卻卡在喉嚨，吐不出、嚥不下。

「嗚哇！」遠處的Apple卻代我怒吼。Apple現在的模樣怪可憐，像忘記憤恨的神情，換上一張壞掉的臉孔，眼球像燭台般溶化湧出眼眶，兩邊唇角被抽離臉頰，往頸下直掉，她的五官就像進入白矮星的隧道，被極高的重力拉扯，整張臉被扯成一排無盡的線條。

「Coco！」她淒厲的呼叫，就像月夜嘯天的狼。

我，飛撲過去。

十五 ABC：潛入全知部——合

「Coco！」Apple 嘶聲疾呼，好端端一個人，半秒間，一團烈火，把她燒掉，只剩一隻手掌。然後一隻不知從何而來的烏蠅從那隻手掌飛起來。

「是妳搞鬼！」Apple 向劉螢咆哮。

「呀？死掉了，我還想趕在自燃之前把她殺了，真浪費，是很好的研究材料呢！」劉螢毫無情感地自說自話。

Dick 死前的證言令 Apple 察覺端倪。

Apple 回想三人的聚會裡，劉螢的通話。

「下期的金額是首期三倍。」

「是啊，各得三倍。」

她又想起那夜的吵架。

「那些錢我七你三！」

「明顯我八你二！」

那些錢是甚麼錢？那些錢是甚麼錢？

「她要我把錢交給Apple的父母！」Dick在槍聲中的咆哮，讓Apple想到事情的來龍去脈。

Apple飲血的眼怒瞪劉螢，小弟、Coco難道就連新人也跟她有關？胸口裡似埋藏兩枚打火石，「噠噠」的被打響，迸發出星屑火光，漸漸成了火蛇，纏住她的心胸。

「呵。」劉螢轉過身，直視Apple的怒眼，用一把無關痛癢的口吻說：「妳弟弟的事，沒甚麼好瞞。只是……」她彈了彈Apple的心胸又道：「這裡受得住嗎？」迷人輕笑，續說：「我應該教過妳，抗、燃、大、法喔？」

Apple像頭被惹怒的獅子，粗暴打開劉螢手指。

「別生氣，這種小事。如果妳因為我隨口講幾句話就生氣，妳也太奇怪喔？」

劉螢戲笑地闡述無人知道真偽的片段……

三人聚會後一天，劉螢在全知部裡弄來Apple的住址，然後她摸上門，卻在門外聽到夫妻二人為錢吵鬧，於是她拍門說：「嗨，財神來了，是來送錢的大財神呀！」

門，瞬間開了。

三人對望，夫婦正想關門，卻聽到誘人三字：「二十萬。」夫妻以為她是瘋子，那料她的確是瘋，突然在浴袍裡抓來一紮大鈔，扔骨頭般，將它掉到二人腳邊，他們立即埋頭搶奪。爭攘間，她這樣說：「這是首期。」

「甚麼？首期？還有下期嗎？」

「嗯，辦件事便有下期，金額是首期三倍。」

「甚麼事！我辦！」

「我辦我辦！下期款項全數給我！一毫子都別給她！」

「呵呵，誰辦都一樣，只要辦成了每人都可得六十萬。」

他們忽似乖巧的學生，豎起耳朵仔細聆聽。

劉螢慢舔上唇，挺著享受佳餚的神情道：「很簡單，在女兒面前，隨便扔件東西落樓而已。」

然後她的目光降落在熟睡的男孩子上。

那時有隻烏蠅在孩子的臉前擾攘，牠彷彿在回憶中飛出，來到眾人眼前。

牠，飛撲過去。

與Apple糾纏。

Apple任由烏蠅騷擾，她的精神全都押在劉螢身上，聚精會神地回想某個細節。從頸開始？從後腦開始？從大腿內側開始？

啊，都沒所謂吧，無論哪個部份，她也非常純熟。

殺人，她在腦裡練習了千八萬次。

殺聖堤軍、殺老闆、殺父母、殺路人、殺劉螢……嗯，誰也好，她只想，殺一次。她摸著腰包喃喃自語。

遠處的Eric觀察Apple的眼神，由怒濤翻天，變得平靜如鏡，然後是枯萎的河床，河底逐漸崩塌、碎落，一頭只有笑臉的黑色天使，興奮爬出，這樣的神情，他最熟悉！

「劉螢！小心！」Eric咆哮聲剛落，他的警告立即成真。

Apple從腰包掏出尖椎的螺絲批和粗長的螺絲，這些工具是露宿者傍身用的，這些傍身之物大多就地取材，在街撿到甚麼就帶甚麼。

「唔……隨身帶著這些工具，真危險啊？呵呵，不過我也帶著槍，沒資格說妳。」劉螢笑嬉嬉道，看著Apple步步迫近，全無防範，彷彿只想當名旁觀者。

劉螢的視線與烏蠅纏上，牠本在Apple鼻尖飛來飛去，似乎飛累了便在Apple右手手背降落，Apple被酥麻觸感弄得咬牙，指執螺絲便往手背插，可恨的烏蠅被釘到手背。牠伏在手背上顫動，抖抖翅膀想飛起，薄翼卻被截穿。抖抖小足想爬走，小腹卻鑲進螺絲裡。牠的掙扎讓Apple

心煩，拇指在黑點上搓，巨人般，讓立體輾成平面。

劉螢看著Apple行雲流水般的殺生，竟露出一臉高潮邊沿的表情，隨Apple拇指一搓，表情就洩了，一串舒心的氣喘聲把空氣弄得曖昧。

Eric閉目搖頭，心忖：這兩女人爛透了。

當他開眼，已是Apple高舉螺絲批的姿勢。

撬開她的嘴，將螺絲倒進去，掩住她的嘴和鼻迫她吞下！再將一粒粒螺絲，鑽進她的眼球、耳孔、嘴角裡……啊，天靈蓋也鑽幾枝做裝飾好了。對了，小學老師說，人類的腸很長，長到可以圍繞地球一圈，就在這裡劏一下，拉出腸子，跳跳繩也好，帶它環遊世界也好。還有啊，趁她的心還卜卜地跳時，掏出來鑽上螺絲。一切從這張亂說話的嘴開始！

「Eric！」劉螢喊。

Eric即取出對講機：「打開天幕！」

隨著齒輪聲運轉，廣場的天幕向兩邊退開，亮出的不是天空，而是讓人顫慄的牆，用全知眼鋪密的牆，一隻隻眼緊密而排，從頂端直鋪而下，身轉一圈，目光接目光，無數死盯的視線從天壓下。

齒輪聲繼續運轉，廣場的地磚，沒人站立的地方，一塊塊翻轉，轉出由全知眼鋪成的地磚。

千百萬的目光，從上而下，無孔不入。

——是誰的視線，是誰的眼？

Apple的腦海閃過曾經的疑問。

然後多重的機械聲入侵神經。

「全知眼現在啟動——現在啟動——啟動。」回音疊回音翻起層層音浪。

「數據生成完畢——生成完畢——完畢。」聲音穿過聲音，串成更震撼的頻率。

「目標確定為『篡改基因罪犯』，進入強制制裁倒數三秒——倒數三秒。三——三……」判詞織成巨槌，揮然落下。

落下，

落下，

「二——二……」

像Apple手上的螺絲批，向劉螢的天靈蓋落下，

落下。

相互的裁判間，劉螢還是洩後的笑容，她不避也不躲，享受每秒的邊緣感，站立還是倒下，

強忍還是迸洩，在這種既可非可，既忍非忍的感受徘徊，欲仙欲死。

「一。」

——逢！一聲，Apple脖子被火龍割開。

她的身體似束燈芯，火龍向上吞噬，向下盤延，瞬間，她的臉孔著了火，張口求救，已是無聲之叫，火爬過鼻山，直搗翻動不定的眼珠，漫延至額。下身的火將血肉之軀鎖緊，那隻高舉的手被火炎勒死，掌中工具應聲落地。

一分鐘後，火裡人倒地。

火仍一直燒、一直燒。

比所有的自燃都要漫長。

十五分鐘、半小時、一小時……

Eric跟劉螢靜靜地看著熊火燃燒。

永無止境地燃燒。

二小時、三小時……

一場既不會熄滅，又不會擴散的火在Apple的身體上燒，好像仍在燒她的身體，也好像已燒盡身體，只在燃燒空氣。

直到五小時，火勢慢慢緩下，進入六小時，他倆看到曙光，包圍的火已化成濃煙。

Eric揚手撥開煙霧，隱約看到龐大的體積。

「妳的實驗……算是成功？」他問。

「啊，呵呵，對呢。」劉螢蹲下待煙霧散去。

煙裡，像往常一樣，會燒剩殘肢——如果她全身完好無缺也叫作殘肢的話。

「真的保留全屍……」Eric皺著眉觀察，安祥的血臉、滑溜的手臂、纖瘦的腿，就連手指、腳指也一件不少，毫無焦黑之色和肉燒之味，豈是被燒之軀？

「這就是真相。」劉螢截了截躺臥的屍，明明被燒了，卻是冷冷冰冰，她死了，亦是再生。

「這就全知眼最終的模樣，亦都是11月那批的原生病毒才能培養出來的終極形態。這個就是『戰俘之願』的真相……呵。Frank一定興奮極了。」劉螢喃喃自語。

「基因正常，非排除對象，請停止執法。」傳來全知眼的機械聲。

劉螢抬頭，望住手持全知眼瞄準自己的Eric，得意笑言：「想讓我自燃？」

Eric無奈地收起全知眼，沒想到她殺了Dick、Apple、Coco，精神仍然健全，實在……

「可怕？」劉螢站起身，笑得陰森問：「怎啦？後悔當初我『被請假』的那兩個月，沒來拯救自己的學生嗎？如果你像Dick那樣傻氣，一腔熱血，也許沒今天的我，也就沒有全知眼的研究成果呢。」

Eric迴避她的問題，抽出屬於劉螢的殘藍筆記簿，掀開頁：「劉小姐，十分鐘後妳需要值班，請好好工作，不要溜走，要不然Frank又會押你回去。」

「好、好、我知道啦！瑣事辦妥我再回頭玩我的實驗品。」她小跳步地離開廣場，Eric尾隨。

來大廈的頂層，經過無數的保安閘門：紅外線門、眼球識別系統、指紋鎖門、高壓電門……終於來到一間會議室，劉螢推門而進，Eric則如常地在門外等候。

籃球場般大的會議室，非常簡潔，只有一張圓桌和十二張皇椅置中，現在已有十一人坐下，剩下一席便是劉螢的。

「恭喜妳，實驗成功。」戴單邊閃石耳環的潮男站起來説，他在這裡最年長，生於2030年，今年26歲。

「消息已傳開啦？」劉螢在皇帝椅坐下。

「過了六小時啦，大嬸！老啦，做事都慢吞吞！」仍未變聲的少年，剛好踏入成年，18歲。

「嗚呼……怎也好……呼，想睡了，趕快完工好嗎？」穿著粉紅睡衣的金髮美女，一邊打瞌睡一邊夢囈，她與劉螢同年，年25。

「妳要睡就滾回BB床！」男人婆吼叫。她年22。

接著的唇槍舌劍就像中學生的吵鬧，這十二位「嘩鬼」，都是光之代的青年。

換個簡單的說法，這裡聚集了十二位問題兒童。不過，對於全知部來說，這批是「局外十二人」。

「好了，別吵啦！」劉螢拍拍圓桌，然後一手拉起毛巾浴袍的綁帶，浴袍從她的胸脯滑到地上。

十一雙的傻眼打量她一絲不掛的姣好身段，但只有坐近她的耳環男留意到她的背部，長髮半掩著背上的巨疤，他猜是某個字。

「喂喂……用這種方式來叫停，會不會太狡猾？」耳環男的視線從背部移到她的臉上。

「有效就行。」劉螢折疊手裡的毛巾浴袍，手托腮道：「按照之前的討論，我讓全知眼的真正形態出現，政府就得使用我等十二人的計劃改革社會。」

「大嬸！做得Nice啊！好期待、好期待！讓我幫妳忙好嗎，大嬸？」

「你改口不叫大嬸我倒可考慮。」

「那不行！代價太大。」

「呼嚕嚕……改革社會可以睡覺嗎？」

「妳要睡就滾回老母的子宮去！」

劉螢按摩太陽穴，為何又吵起來？她已經脫無可脫！

「Bella啊。」耳環男算是最正常的成員，他用試探的口吻問：「妳真的想跟政府聯手……將全知眼推行到全國嗎？」

「啊？」劉螢彈了彈胸脯道：「我們十二人，是不戰而勝。其他的光之代呢？從一開始便是戰俘。他們敗給誰？只是敗給時代，我對我的時代額外親切。將光之代玩弄、犧牲的政客……還有這個國家，我要將他們一起拉下地獄。」

她如讀宣言般激昂，而這份激昂讓其餘十一人雞皮疙瘩。他們知道劉螢本來就不是道德主義者。她的激昂不是為了復仇或正義，只是為了刺激，對於生無可戀的人，刺激才來讓他們活著。

不過，其餘十一人的雞皮疙瘩也不是因為心寒，而是皮質醇上升的亢奮。

「應該挺好玩？」耳環男笑言：「好了，我們趕快開工，要不然門外的Eric叔就要推門斥罵啦？」

——那是誰的眼？是誰的視線？是誰判定誰有罪？

十二人，圍坐圓桌，桌上閃出畫面，畫面出現人影，那人慌張大叫，表情失控。耳環男率先點頭，隨後更多人附和點頭。

劉螢便按下桌邊的紅掣，對準收音器：「目標確定為『篡改基因罪犯』，進入強制制裁倒數三秒。三、二、一……」

十六 BE：對不起，我錯了

門外的Eric聽著劉螢的宣言，心裡有另一種解讀：希望社會變得美好。

不知她真實想法，如果細閱她的筆記，會不會得出答案？他凝視屬於劉螢的殘藍筆記簿，心裡回答她剛才的提問：如果我跟妳說，我後悔當初沒在最佳的時機拯救妳，妳會相信嗎？

筆記簿裡露出相片的小角，抽出來瞧，竟是劉螢穿著小學校服跟父母的合照，小劉螢的笑臉勉強，害羞地躲在父親身後，青澀可愛。

從前內斂寡言的她，已經死了，Eric有時會想，他是不是殺死她的其中一人？

17年前，2038年，聖堤國官校，劉螢八歲，小四，而四十歲的Eric正是當時的班主任。當然這是副職，除孽人才是本職。班上的學生全都注射了疫苗，Eric的任務就是觀察、監察學生。

「那個……Eric老師早晨。」小劉螢害羞說：「待會、您見媽媽啊，可、可以……跟她、她說，我不適合學習豎琴嗎？」

「妳不喜歡？」Eric挑眉看她，眼中的她是乖巧又安靜的，亦甚少會提出要求。

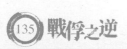

「嗯……我、我討厭……但，不能讓、讓媽媽知道。」她小心地悄話。

Eric仁慈地笑，拍拍她的頭：「好！」

她像隻小松鼠般，瞇著眼滿足地點頭。

下午，Eric與劉螢父母見面，小劉螢就坐在母親身邊。他拿出劉螢的成績表跟家長說：「劉螢平時很乖，不過比較內向，跟同學的交流有進步的空間，可能跟跳讀有關……」

「平均分多少。」劉母指敲木桌不耐煩問。

「唔？哦，她平均分非常好，全級第一，也是歷屆以來最高的……」

「多少？」劉母再次打斷Eric的話。

「99.7。」明明是讓人振奮的數字，Eric卻彷彿聽到冷冷的嘖聲。

「怎麼回事？」劉母望向女兒嚴厲問。

「是、是數學……忘了寫單位，扣了0.5分。但、其他都100分！妳看看、音樂、體育、電……」

噠噠的指敲聲將劉螢的話嚇回肚裡，她像受害的松鼠般抬頭，赫見母親鄙視的臉。

「Bella，來，跟媽媽說對不起。」劉父立即慈聲說。

「啊，對……對不起……」劉螢腦袋耷拉。

當時Eric沒察覺怪異，還故作好心道：「對了，今早小螢跟我說她討厭學豎琴。我想，父母應多跟孩子溝通，看看他們本身的興趣。」他從沒想過，這句話竟是災難的源頭。

「劉螢。」劉母的語氣跌到冰點，劉父掛著慈笑說：「好了Bella，快跟媽媽道歉。」

「我……」劉螢欲哭的眼向Eric求救，對她而言，信任的老師背叛她的請求。

「豎琴。妳討厭？這算甚麼？指責我強迫妳？還跟老師投訴？！」劉母每字每音都由冰塊組成，寒氣四溢。

「那、那個，我討……」劉螢的語聲非常非常小，但她的慈父打斷她，溫和地笑言：「Bella，做錯了要道歉。」

「可、我……」劉螢徬徨支吾，但噠噠的指敲聲再次斬斷說話，她的頭耷拉到胸，夾雜嗚咽聲：「對不起，我錯了，媽媽。」

他們離開課室十分鐘後，隔壁的班主任(也是除孽人)便慌張衝來，問責般：「喂！Eric你剛才跟劉螢父母講了甚麼？」

「就閒話啊。」Eric不解被斥。

「閒話的話，為何我會見到劉螢被罰由學校跪回家？」

「吓？」Eric難以置信：「要報警嗎？」

「Eric……這所由全知部管理的學校，已跟政府簽了學園自治權，所有法律和軍力介入都不適用。」

他真的徹底忘掉，聖堤國官校已是實驗場地，不但集中觀察這批光之代，亦將未來社會運行的方法試驗：撤除法律、軍力，單憑全知眼運行的社會。為配合計劃，聖堤國官校所有的關係人士，包括學生、職員、家長、親戚都排除在法律外。當然只有全知部人員知悉此事。

「可是我就說了99.7平均分這事。」Eric摸不著頭腦。

「那科扣了分？」

「數學。」

「不是你任教嗎？」他嘆氣又語：「真殘忍，0.5分也不鬆手。唉，劉母奉行優才教育，為了0.5分可以不留餘地！」

Eric皺眉回想，派數學卷那天，劉螢曾多次哀求他不要扣分，她說過：「Eric老、老師求求你，不、不、不要扣分……我不會再、再錯了！唔，我去洗廁所？去清潔禮堂？我可以擦一個月、不、一年也可以……你別扣我分好嗎？」他以為她在鬧玩，現在細想，她的建議確實古怪。

正如鄰班的班主任所言，劉螢被罰跪回家門，路程十分鐘，卻足以讓小小的雙膝發紫，但她不敢喊痛或擅自站起，但她實在天真，以為跪到家門便告一段落，豈料剛跪入家門母親便抓住她的頭髮，拖拉到馬桶，臉朝廁水按頭下去，再把廁蓋翻下，抽拉水制。

「唔！哇……」鹹澀的廁水泡到眼裡、湧進鼻腔、撲入喉嚨，被夾在馬桶間的劉螢拚命掙扎，四肢像反肚的蟑螂求救，可一切徒然，劉母強按廁蓋又再拉下水制。

劇烈的咳嗽隨廁水聲而起。

這時劉父蹲在女兒旁邊柔聲道：「做錯事就要說對不起，知道嗎？」

「對不……嗚……」馬桶裡剛傳來微弱的兩字，卻又被廁水沖散。

「說！以後記得寫單位！說！」劉母按得累了，索性坐在廁蓋上，下面即傳來痛苦的尖叫，而劉母懶理，伸手又再沖水。

劉螢不敢違逆母意，努力地叫：「我……哇……以後記得……唔、嗚嗚……寫單位……」廁水耗盡，幾分鐘後又是新一輪沖水，她不敢怠慢，不斷反覆地說：要記得寫單位、要記得寫單位。

廁水的鹹和恐懼，讓「寫單位」刻進靈魂裡。

母親放她出來時，到底說了幾多遍，飲了幾多廁水，她不知。臉上既是海水也是淚也是鼻涕，小手抖著，她知道母親的習慣，這只是開始。望向走廊，她覺得大門有天使招手，父親不在，母親也剛好離開了……她緊張地嚥下唾沫。

試試看！她跟自己這樣說。

鬼祟地走近大門，清脆「咔」聲把她嚇壞，回頭張望，幸好沒驚動父母。小心翼翼地拉門，外邊日光偷溜進來，她燦爛地笑，繼續拉門卻聽得古怪的鐵鍊聲，門被拉盡了，卻只有一道縫。

她絕望低頭，看到門下有另一把鎖，只好認命地關門，剛轉身，徹底後悔……

「啊！媽媽！妳聽我說！剛、剛才看到門未關上，對、對！門、門未關！」

劉母雙手抱胸，臉無表情，見母沒罵，以為安全上壘，故走向母親拉住她的手：「媽媽，妳拉水的手累嗎？小螢替妳按摩好嗎？」

劉母俯視女兒，反過來捉住她的手，連人帶手扯到半空。

「嗚哇！好痛、好痛……」

「痛？懂得痛？媽媽辛苦教育妳！妳卻要逃？還要撒謊？媽媽現在心裡非常痛！」她的語聲像生鏽機器刺耳。

「怎了？」更換了衣服的劉父從房裡出來問。

「她說謊。」

「這樣……Bella，做錯事要向媽媽道歉。」然後對她溫柔地笑。

「真的！對不起！媽媽！」這次她發自內心地道歉，她不斷道歉，其母卻充耳不聞，喃喃：

「是媽媽的教育不夠，才讓妳膽大說謊，媽媽的教育不夠……」

她找來剪刀，剪碎女兒的校服及內衣褲，打開鎖，拉開門，一手推她出家門。劉螢抱住赤裸身體大哭。

「走吧？」高高在上說。

「不……我不走了我不走！嗚嗚！」母親攔住大門，劉螢慌張跪下，抱住母親大腿苦苦哀求。

「我叫妳走啊！身上的衣服是我給妳的，要走，我剪爛它，非常合理，對不？」

「對對對！」劉螢泣不成聲，她害怕被鄰居或同學目睹，哀求：「媽媽讓我回家求求妳！」

「回到家裡要做甚麼，妳清楚吧？」媽媽讓開半邊身，劉螢知道她心軟了，連忙說：「知道！知道！」

劉母果然讓她進門。不過自這天起，她在家裡再沒穿過衣服，連衣櫃裡的便服也被扔掉，只剩一套放在母親裡的校服。

劉螢回到房間，瞥過桌上比手臂要厚的練習，又望著放在角落的豎琴，此時聽到母親的吩咐：「先練豎琴，錯一音，十下。」她揚起手裡中的鐵尺又道：「琴練習完了，再做練習，放著的都要做好。」

那夜，鐵尺的揮響比豎琴的音律明顯，有時她會故意地用力勾撥弦線，想令它斷弦，但它堅韌無比，這種故意會被劉母視為錯音，鐵尺揮下，口裡重覆：「如此簡單也彈不好，垃圾！從前我想學也學不到，學好一樣樂器才有名校收留！」

劉螢忍著痛，奏著悅耳的地獄。

練習過後已是凌晨，劉母交代的練習，絕非五、六小時可完成的量，即使她熬夜趕工，也只完成了三分一，於是母親替她告假讓她完成練習。

母親給她衣服讓她上學已是隔天的事。

回到班裡，同學興高采烈地跟劉螢說：「Bella、Bella。昨天妳沒上學，跟妳說，級際的音樂比賽，我們都投票讓妳表演，聽說妳懂得豎琴。哇！像仙子一樣的樂器，這次冠軍我們班十拿九穩！」

劉螢臉露痛苦，她只向一人提及豎琴的事。抬頭望向Eric老師，果然沒猜錯，他說：「小螢，我想討厭豎琴是因為沒在過程中獲得成功感。這次把握機會，在台上感受掌聲，相信妳會愛上豎琴。」

正因劉螢明白Eric的好意，才難以拒絕：「我……明白。」

比賽當天，劉螢坐在台上，凝視豎琴，一直凝視，手指僵在弦上。

這是甚麼東西？

腦海空白。

這東西究竟怎樣彈？

漸漸台下竊竊私語。

她望向觀眾，沒有。再梭巡一眼，也沒有。

人海中沒有手執鐵尺的人，所以她無法彈，也不懂彈。

她，在喝倒采中，下台。

然後全班同學變了樣。

「看看，她還有臉上學！」

「哼！都是她害我們輸了！」

「噓，甚麼輸了，也沒戰，是不戰而敗。」

「她會不會是隔離班的卧底？」

「以為自己成績好，就了不起。班際活動她看不上眼！」

「喂，聽說過嗎？劉螢的母親很嚴厲！」某名學生起頭建議：「不如我們這樣……」

聽到最後一句，劉螢按捺不住，想要慌張阻止，卻被Eric打斷：「小螢，辜負同學和老師的期望，禮貌上，要跟大家道歉，知道嗎？」

那刻，Eric的臉與劉父重疊，古怪的慈祥忽然在老師的嘴上盪開。

「嗯，對不起各位，是我不好。」她記不起，這句話是否由她的嘴發出。

Eric畢竟是偽教師，以為事情告一段落，所以回歸日常：「好啦！現在派發英默。」

劉螢接過默書簿，翻開看到100分的紅字，才放下心頭石。但鄰座的男生陳健康，卻不滿大呼：「啊！又是0分，Eric老師你有沒有改錯！」

「健康，若不是扣分制，你默寫a、an、the就可得分喔？」Eric笑言。

「唉，是誰發明默書的……」健康氣餒地伏在桌上，身旁的劉螢小聲問：「那個……呃、0分會不會好痛？」

「0分會好痛？0分又不是人。妳想說甚麼？」健康托著頭懶洋洋反問。

劉螢皺眉，她在講人話，怎會聽不明白？

「少一分會被打多少下？」她歪著腦袋問，他歪著腦袋答：「少一分要吃一條菜。」

她的眼珠睜得幾乎掉下，而他誤會了驚訝的源頭，痛苦地叫：「對喔，我要吃一百條菜，一百條啊啊啊！妳懂我有多慘吧？」

劉螢的腦袋彷彿被隕石撞擊，打亂固有天地。毫不知情的健康加油添醋：「像妳這種尖子不明我的苦況啦！」

「我明……只是有點不同。」

「妳明？」健康雙眼發閃。因他的成績最差，老師大發慈悲地讓他跟優材生同坐，但他們甚少交談，今天他決定推倒圍牆：「喂！不如下次默書妳『不小心』讓我看到好嗎？」

「唔……」劉螢陷入苦思中。

同樣苦思的還有老師Eric，他一邊教英文，一邊回想今早全知部的會議。

「試煉？」Eric聽到瘋狂的建議，率先反對：「我不同意！換個說法只是煽動情緒，讓他們精神混亂！」

「因小事就亂了情緒的人，將會是日後社會的禍患，防患未然。」另一名除孽人道。

「為了清除你所講的、不知會否出現的禍患，準備犧牲幾多人？」Eric質問。

「整批光之代。」

「瘋了，他們還是孩子！」Eric的咆哮惹來同工的不滿：「日後就是罪犯。Eric，你是創建除孽人的其中一員，當初就應明白，棄掉光之代是必然結果。」

「這也為他們好。看吧，社會從不曾對任何人溫柔，反抗也好，接受也好，出生要爭居權、大了爭學位、上班爭車位、成家爭住位、死了爭墳位。為一席，爭得頭破血流。同齡的人少了，地獄也會變得宜居啦？而且，早點領悟到忍耐的美學，也更易在社會打滾吧？」會議主持人向

Eric遞出全知眼又道：「一切只為新社會。」

結果Eric收下全知眼。起初的全知眼只有顯示而無發聲功能，所以他在課堂偷偷啟動，根據剛才劉、陳的對話，他認為劉螢的嫉妒心會影響精神穩定，對她檢測卻顯示：基因正常。收起全知眼時，不小心對準健康：篡改基因臨界點。

人心難測。想不到真正妒忌的是健康。

而後來為人所知的自燃事件，當事人便是健康。

某日，健康遞交英默後便和Eric吵嚷。

「為甚麼要冒簽？」

「我沒有。是爸爸簽的！」

「你爸在國外，怎能簽？」

「他昨晚返國了！」

「好！我放學去見他，當面問個明白。」

「但他今早就出國啦。」

「不斷狡辯。」

「沒有！講的是真話。」

「冒簽是錯的。承認，然後道歉！」

「我都說，我沒冒簽！」

「好，你不承認嗎？」Eric的怒氣把不打算講的話解封：「英默一百分？你爸鐵定會懷疑！事實是你串通劉螢出貓！怕被父親拆穿，所以你要冒簽！」

此話把一直沉著氣的健康逼怒：「我、沒、冒、簽！」

Eric狂怒拍桌，像法官的肅靜槌子，槌子又砸了兩聲宣讀判詞：「陳健康行為不佳，欺騙師長，記大過一次！」

健康竟乖乖閉嘴，平靜回到坐位，在書包取出三角鐵尺。

那時候，健康或許在想，父母也不曾質問他、斥罵他、懷疑他，Eric只是區區的老師憑甚麼跨過父母？或許回憶父親迫他吃蔬菜、母親迫他喝湯的晚上。

除了劉螢誰也沒察覺老師手中的三角形，她隱約看到「篡改」、「罪人」的字眼。然後她嗅到煙味，聽到烈火「啪裂」作響。接著是同學的尖叫及逃離，課室只剩Eric、劉螢以及健康的殘肢。

「不跑？」Eric問劉螢。

「老師，健康因為想襲你，所以他變成這樣？」

Eric默不作聲，所謂的尖子，特別敏銳嗎？

火熄了，跑出走廊的同學亦開始交頭接耳。

「看到嗎？著火了！」

「為甚麼會燒起來？」

「是她！」

「你說劉螢？」

「對，健康著火前，劉螢就坐在他身旁，肯定是她動了手腳！」

「不會吧？劉螢讓健康著火了？」

「說不定真呐！今次健康英默100分，可能她覺得威脅到她，所以……」

「不過燒了那麻煩鬼也對，他經常搗亂。」

「看！她多冷靜，現在還不跑出來。」

「電視劇的兇手都像她一樣冷靜。」

「魔女！」

「放火魔女！」

劉螢機械地轉過頭，木然盯著同學，良久她唇語：燒死你們。

「嗚哇！」其中幾名猜到唇語的同學恐慌大吼：「她、她要殺我們！」

「走、走！」戴眼鏡的男同學呼叫。

「可惡！我們要先下手為強。」某位領前逃跑的同學道。

課室內。

「小螢！恐嚇同學不對。」Eric察覺不對勁。

「唔？」劉螢眨著大眼，淺笑：「太好了，他們沒懷疑老師。」

Eric頓時愣住，異樣的情緒堵住咽喉，是內疚還是感激？

人體自燃的餘波一發不可收拾，傳媒、目擊者、健康的家長。即使以「自治」方式來運作，也難掩蓋悠悠眾口。後來全知部對這件事進行檢討，認為自燃時不應在課室這種眾目睽睽的環境下發生，應參考孤兒院的做法，把自燃的人集中處理。那時候全知眼的運行、官校的運作仍不成熟，為了掩飾事件，聖堤國官校及全知部動用巨資，將資訊、影像、新聞、證據統統篡改，唯獨人心始終如一。

恐懼、報復、不滿成了行動的依據，讓黑暗降臨。

「媽媽、媽媽。聽我說！放、放我出來！」劉螢在黑暗求救，究竟發生何事？她現在還不清楚，如常推開家門，罕見地是父親迎接她，他勾起和藹笑容：「做錯事記得跟媽媽道歉啊，Bella。」她知道，這句話的含意，母親生氣了，另一個意思是，要捱苦了。果然母親突然衝上前，把她的校服剝掉，然後把她塞進狗籠。被迫摺疊半身，背貼鐵枝，雙膝頂著胸脯，小小的身軀將狗籠擠得滿滿。

她並非頭一次被關進來，一關便是幾個星期或幾個月，不讓她出來，吃拉睡的唯一空間。所以即使不知原委也拼命認錯和哀求。

劉母踢著狗籠咆哮：「老師投訴妳行為欠佳，要記大過！妳越來越膽大。竟然幫同學出貓！」她粗暴一踏，狗籠翻了，再罵：「妳當我死了嗎？大過，是大過！名校的入場券毀了毀了，妳怎賠我！」又再一踢，狗籠又翻過來，她像皮球一樣被不斷踢轉。

籠裡的人犬停止吠叫。

——事實是你串通劉螢出貓。

閃過Eric老師的斥責。

原來如此，老師跟媽媽這樣說嗎？

糟透了，媽媽一定會瘋掉……屬於媽媽的成材夢、名校夢、上流夢給毀了。

「太壞，妳實在太壞！」劉母徘徊踏步，噠噠的聲像一次又一次的槌音，終於她決定了：「不行！要讓老師撤銷大過！妳要好好表現悔改的心！後悔書？萬言書？懲罰相？」她著魔喃喃：「後悔書，一個月寫到多少頁，一千頁？兩個月寫不寫到三千頁？跪在校門請求？做錯了要罰、做錯了就要罰！罰甚麼、罰甚麼才有誠意？幫忙出貓是哪裡的錯？是手的錯？對，是手的錯！」

籠裡的劉螢抱住雙腿聽著媽媽的話，她悄悄地說：「媽媽。對不起，小螢無法讓媽媽入名校，妳很失望，對不起。」

兩個月，Eric班裡前排的兩個座位空置兩個月。

「老師，劉螢已經兩個月沒上學。退學嗎？」班長舉手問。

「啊？不是。劉螢媽媽說，她身體不好要在家休養……」級主任突然步入，打斷Eric的話，他跟後者耳語：「Eric，劉太寄來包裹，有份醫學報告，說劉螢左手嚴重骨折，快！來處理！」

「甚麼？」Eric聞言便急撲至教員室，拆開給他的包裹。圍觀的老師看著，不是口喊「瘋了」就是「黐線」，某些承受力低的老師，急忙迴避。只有Eric仔細看著每份內容，以及附上的USB，他的手打著顫，插入USB，按下Play，播放影片。

影像從狗籠開始，籠中除了劉螢還有厚厚的A4紙。她的左手被固定在籠外地上，右手執著原子筆不停在紙上書寫：老師我不該幫同學出貓，這雙手應該用來好好學習，而不是犯罪。我錯了，我為犯錯付出代價，請老師原諒我，請老師取消大過。請看在我為母親努力的份上，取消大過。

一遍又一遍，一張又一張。

劉螢的右手一旦累了停下，或者字速稍慢，劉母就用穿著高跟鞋的腳狂踩擱在籠外的左手。尖叫和哀求聲從影片裡撲出：「啊！媽媽，好痛！我會好、好寫！只是幾天、幾天沒吃東西……餓了沒氣力、所、所以慢了。」

「嗯。」冷冷的答允令劉螢回復生氣，然後劉母送來一碟狗糧放在籠中，她卻狼吞虎嚥，吃完了繼續寫，讓她可以偷偷休息的時間便是母親洗澡、睡覺。那時候她會咬著鐵籠，像牙癢的幼犬，咬到油漆褪色，鐵枝變歪，她想咬出破口逃走。但一切被錄影，劉母回看發現，畫面即充斥毒打和堵嘴。

她察覺鏡頭位置，有時會扭過頭，盯著鏡頭，眼珠不動眼皮不眨，娃娃般直視。

「不妙！這種眼神不妙！」Eric 對住電視機咆哮。

忽然片中傳來劉母頻頻的「精忠報國」、「精忠報國」的支吾聲。鏡頭一轉，劉母將女兒放出來，然後跟劉父一起將她臉朝地面壓下。一根針、一碗黑醋，劉母提起針，撫著女兒骨瘦的背……

鏡頭最後定格在劉螢的背上。

——大過。

似乎想用背上的大過取代現實的大過。

看到這裡，Eric快要瘋掉，大過？甚麼大過？甚麼撤銷大過？他想不明！

不對！可能是這樣？

Eric跑回班房，拍打黑板，氣喘咆哮：「是誰假扮老師跟劉螢母親通電！說要記大過！」

看到老師震怒，同學心知不妙，戴眼鏡的男同學只好乖乖自首：「是……是我，是我讓哥哥假扮……」

Eric再一拍板吼：「還有誰！」一隻手掌拍不響，肯定有同謀！看著十位站起的學生，Eric冷嘖一聲，斥：「你們，全都跟我去劉螢家。為你們的惡作劇好好道歉！」

Eric駕著超載的私家車，飆車到劉螢家裡。按鐘拍門都沒人回應，他只好強行破門。充斥異味。像發酸的乳酪、死掉的魚、烤過的火炭、生鏽的螺絲，一起掉進攪拌機攪爛融合的臭味。

學生們掩住鼻跟Eric入屋，室內漆黑，某學生摸來燈掣，開了走廊的燈。眼前開朗，卻惹起學生驚叫：「搞、搞甚麼！這條走廊！」眼鏡男走近牆壁，仔細看，說：「全部都是劉螢做錯的題目……」

「全部？」另一位同學張望，走廊兩邊牆壁、天花佈滿97分、99.5分、99分、95分的試卷……

遠的有幼稚園、近的有上學期的數學卷。

「傻、傻的嗎……有必要貼得滿滿嗎？」

「喂！看那邊！」眼睛男指著客廳：「也貼了！」他們的初衷已經被探險的心吞噬。

兩名好奇的學生衝過去：「報告！這邊牆壁貼滿各名校資料！」

「這邊是廚房嗎？」女同學推開木門，四周張望，看到煮食爐上的煎鑊，上面淌著厚厚的黃油，還有一陣食物餘香，似乎烹調不久。

「哇哇！快！快來！」她的驚慌狂呼，召集所有的人。

「怎了？」Eric急問，他看著學生抖顫的手指向雪櫃，口齒不清：「流、流血了！雪櫃！」

眾人移望。

雪櫃門縫滲出海量的血水，就像七竅出血，把雪櫃門染紅。

「嗚哇！」學生同步大叫，雙手掩眼。

「好了好了，不要待在廚房，到屋外等我。」Eric驅散在場學生後，鼓起勇氣拉開雪櫃門。

兩雙憤怒的眼盯著他！木呆的臉，僵硬的皮膚，一男一女的頭顱，他認得！是劉螢父母！

被砍的頭，切口崎形，藍色的微絲血管披散外露，頸上和下巴濺開血花。當他打開下層雪櫃時，強忍多時的胃酸在喉嚨喧鬧，「嘔……」他嘩啦嘩啦地吐了，眼瞥雪櫃裡亂七八糟堆在一起的大腸、心臟、肺、腎……又瘋狂吐了一輪，這次他閉上目才可捽上雪櫃門。

不妙、不妙！不妙啊！

Eric抑壓不舒衝出廚房，劉螢在哪？他搜過每間睡房，只剩盡頭這間，這是劉螢的房嗎？門沒鎖，他便叩門而入。

房裡漆黑，隱約看到放在門邊斷了弦的豎琴和片中的狗籠。開了房燈，以為劉螢仍在狗籠裡，可籠中只有一堆發臭的排泄物和狗糧。四周梭巡，他跟那目光對上。

「來了？」像多年沒講話，語聲生鏽。

他咬著唇，認真正視角落的劉螢，赤裸的身體異常骨瘦，黑髮快把臉孔吞掉。她紙白的身上，瘀青到處花開，血跡像潑墨般漫延，而那些血，不是她的。

他步近她，直到二人只有一磚之隔，他才發現她正咬著食物，燒得焦黑的肉，已被吃掉一半，露出森白的骨。她再張口咬扯之際，她的鼻尖被反光劃過，循光源望，是鑽石的刺芒，難道那一枝枝燻黑得似樹枝的是……

「不要吃了！」Eric打掉她咬著的肉，劉螢盯著滾落的肉，轉身撿回食物，Eric卻抓住她的肩，凝視背脊刺目的「大過」，血水和黃膿混合，似有腐爛跡象，他難受地道：「小螢，去穿衣服，我帶妳看醫生！」

「衣、衣服？啊，全都扔掉，被媽媽。」劉螢凝視手裡黑肉，張口再咬，Eric厲聲斥責：「夠啦！別吃！」

劉螢頓了頓，著魔狂吼：「為甚麼不讓我吃為甚麼不讓我吃東西好餓好餓給我吃讓我吃我要吃我要吃！」Eric被她野蠻的氣勢壓倒，呆看著她迅速把黑肉吞掉、咀嚼，直到口裡咬到硬物，她才張口吐出。

一枚鑽戒纏著唾沫滾到牆邊。

Eric手握拳型，強抑情緒：「要吃的都吃了，乖，穿衣服跟我走。」

「衣服沒了。衣服沒了。」她不斷反復地說，目光卻瞄著無頭無手的女性屍體，屍體穿著一件毛巾浴袍，原本米白的毛巾浴袍，像吸血鬼般，飲盡鮮血。她爬了過去，扯下浴袍，穿到身上，中長的浴袍成了拖地的款式。她拉拉綁帶束緊浴袍。

Eric俯視慘不忍睹的睡房，一大堆中學、大學的教科書，在書堆中隱約看到兩具無頭屍體，血將知識染紅，十分諷刺。

「這牆……」Eric伸手去摸，果然四壁都由薄布遮擋，他好奇一拉四邊的布同時滑下，牆上寫滿「對不起我錯了」六字，密密麻麻密密麻麻文字疊文字從牆接牆，他認得，都是劉螢字跡。

「老師房裡的字多嗎？」她呆在中心歪頭問。他語塞，她一定以為，發生在她身上的事，是生為人類的必然經歷。

他慌了，他急了。撲向她抱緊大叫：「現在走，再也不回來。」那料劉螢在他的懷裡掙扎：「不要！老師、求你，取消我的大過。我要讓媽媽高興，她的夢想是讀名校，我求你！小螢再用針紮上大過好不好？我知錯了，怎樣也好，我不要大過！」

甚麼也行，得趕快離開，這間房待久了Eric也快要瘋垮！嘴邊的「好」字還沒出口，卻聽得門外傳聲：「啊！Be……Bella！」眼鏡男鼓起勇氣步入。他偷聽著劉螢的請求，好像猜到端倪，沒想到他們合謀的惡作劇將同學推向地獄：「對不起！呃……Eric老師沒記妳大過，那個，都是我們不好，是我們的惡作劇！對不起我們錯了！」

日後的Eric經常回想，究竟是不是從此刻起，劉螢變了？記憶中，這同學的說話像潘朵拉盒子的鑰匙……

劉螢繞過Eric，走到眼鏡男身前，睜出一雙笑眼道：「知錯了？那就要受罰喔？」她的手從背後伸出，亮出切肉刀就往前捅！拔出、再插！手像吊鐘般機械搖動，眼鏡男在她的浴袍上噴血。再拔再插、再拔再插，男生驚覺自己遇險，「救命」兩聲剛喊就倒卧血泊。

「劉螢！」Eric回神過來卻晚矣。

「劉螢她好像要死了。」劉螢舉起刀，照著自己的倦容，古怪地笑：「她說她想死了喔？啊啊，她只為媽媽活著，只為媽媽受苦，卻受不了為惡作劇受苦，而且媽媽死了，她也沒有活的理由啦？呵呵。」

變了，她的氣場徹底改變，像入世狡黠的巫女！難道這是……

「人格分裂？」

「啊？不，我還是我。」劉螢頂著血臉笑嘻嘻地說。

「老師！剛才有人叫救命嗎……」忽然有三名女同學衝入，她們看到倒地的同學都僵在原地。

「啊！」慘叫和血漿同發，又一個倒下，劉螢詭異地笑道：「是真實的我。」亮起切肉刀，迫近另一位同學，刀舉……

停手！停手！Eric心裡狂呼，情急下掏出全知眼對準劉螢！自燃！自燃！趕快自燃！

——基因正常。

「甚……甚麼！」

刀從天靈蓋劈下！倒下！

「可惡！」Eric掏出手槍，扣下扳機便急發兩槍！

「呼呼！」火屑味破開血肉，為瘋狂畫上句號。

事過三日。

「劉螢在哪！讓我見她！」Eric在全知部會議上咆哮。雖然他開的槍只是麻醉槍，但槍聲和劉氏夫婦的死已將事情鬧大，更傳到這個國家的主人Frank耳裡，他直接命令把她囚於軍事基地，由多名軍人看管。

「她殺了同學和父母。法例已廢除死刑，全知眼也無法令她自燃！所以我們只有私裁！」63歲的Frank因為劉螢的事，首次主持全知部的會議。

「私裁？」

「我們會仁慈點，只會餓死她就算……」

「荒謬！」Eric失控叫嚷：「她被親生父母餓得不似人形！現在說要餓死她？仁慈？」

「我們沒有辦法！」主席拍案：「全知眼無法裁判的人，劉螢不是第一人！」

「之前也是私裁掉？」

「我的班上也有名蠻麻煩的，戴著閃石耳環的男生，在班裡分拆毒品，令很多同學染上毒癮，但全知眼不斷顯示他是『基因正常』，雖然很可惜，但私裁非常合理。」

「我們的目標不是用全知眼建構新社會秩序嗎？既然它存在漏洞，就得好好研究解決！」那時候Eric熱了頭腦，為了劉螢，他竟然顛倒道德：「殺了他們也無法改變全知眼的漏洞，不如將他們集中研究。或者！反過來，要他們為全知部賣命！可以讓全知眼處理的正常人，就繼續依賴全知眼。全知眼無法判斷的情況，就交給同為罪犯的他們！用罪犯的眼裁判罪犯！」

Eric的建議像一枚炸彈，在會議裡爆開激烈的討論，持續兩天的辯論結束，Eric的建議以數票之差通過，而Frank都簽署文件確認了。此後所有的事情分兩邊處理，一般的情況，都由全知眼統一處理。至於那些全知眼無法判定的特殊情況，就由同為全知眼無法判定的罪犯組成的部門——「局外人」負責解決。

局外人吸納十二名成員，第十三名以後的局外人一律被強行制裁。局外十二人現正處理新一輪局外人的判決。

忽然，Eric身後的門被推開，劉螢從會議室內出來。

十七B：我不相信得到幸福，正如你不相信我得不到幸福

我從會議室出來，即見靠著門的Eric，他專注地看著我的筆記本。

「不是讓你扔掉嗎？還留著？」我問。那是從前做研究的筆記，她早就不要了，Eric卻如寶地保管著，幾乎是從不離手。

「扔了啊，扔給人肉垃圾筒。工作結束了？」

「不……他們又吵起來，我便出來透透氣……這是甚麼？」Eric的目光咬住筆記簿，我便出手橫搶，瞥見相片即眉頭糾結，拈起一撕為八。

Eric呆看飄落的碎片心便有話，卻被我搶先：「是唯一一張。全家福。」

「那就不要……」

「都過去了。」我斬釘截鐵了結他的不滿：「如果，記憶可以一撕為快，多好。」此話令氣氛尷尬，Eric急忙轉換話題：「對了，這是誰？」說罷從筆記簿抽出一幀發黃的學生相。

「陳健康，還記得嗎？」

「唔……他的樣子跟我記憶裡不同。」

「記憶從都不可信。像Coco的情況，她殺了媽媽的事不是早已知道嗎？她卻瞞騙了自己。她自燃了，全都因為真相令虛構的人生崩壞。」

所謂的記憶，不過是由時間和幻想篡改的結果，這種自我謊言，真是歷久不衰啊。

「對了。」重要的事像雷芒閃過，讓我從感慨中抽離，思前想後，還是想一吐而快：「他是否冒簽，我不知道。但那次英獸，是他自己的努力。他叫我幫忙出貓，被我拒絕，我只教他串字的方法。你也不想想，我家裡的大神，給我豹膽也不敢做幫兇吧。」

我不知道是我澄清的行為還是內容，讓Eric震驚，他難以置信反問：「今時今日才講個明白？」

「對我來說，我真的做錯事，要承認，我沒做錯的事，也得承認。你覺得澄清與否重要嗎？只是健康，從未被人強加意願的傢伙，一定深深不忿。」不行，提及這事，某房的「對不起我錯了」如隕石壓住胸口。

「原來我是兇手。」Eric凝視被他誤會而自燃的相中人，看到他的內疚寫滿臉，我便罕有地長話連篇：「如果是全知部的口吻，大概如此：區區被人誤會都忍受不住的人，只是社會日後的禍患。健康就算當時沒死，他的自燃也只是時間問題。」我轉過身與他四目對望續說：「像他如此幸福的人，才會有情緒的發洩權。長期活在順境中，小小的不幸便是他的精神異變。」

而像我這樣，情緒長期凝固在緊張的負面裡，只要避過母親的家教，便有幸福感，這小小的幸福便是我跟Apple、Coco的精神異變。

「全知眼檢測的精神穩定是相對性的。」我補充：「你知道我教了Apple和Coco『抗燃大法』吧？就是回憶美好事情轉移情緒的方法，不過只適用於自覺幸福的人身上。對於她倆來說這是『引火自燃』的方法，是美好的毒藥。」

雖然她倆最後的異變，或多或少是因為「抗燃大法」，不過另一原因是她倆互相扶持，獲得生存依賴的滿足。

Eric仔細聆聽，他看著我的專注就像聽課的學生，不過我接下來的話，讓他臉露消沉：「我們之所以為局外人，正因為，再也感受不了幸福。嗯，我們壞掉了，所以精神異變回歸塵土。」

「劉螢，我不是否定妳的研究，但是我覺得不是……」我沒讓他說下去，奪回話語權：「全知眼的檢測存在毛病。不過並非像全知部最初的理解，對局外人無法檢測。」

然後我拿水彩比喻說明。

一碗黑水，添微量白色，不足以令黑水異變，添大量黑色，亦只會讓黑水更黑，但物質並沒有由A產生至B。那是局外人的情況，因殺人興奮也好，因人死而悲哀也好，均是添加黑色的情況。

「所以全知眼視你們為正常嗎？」

「嗯。相反，若本身是一碗白水，添微量的黑色，足以讓白水變灰，如此，已是由A物質異變成B物質。對全知眼來說，這是異變。」

Eric卻找到盲點，不斷皺眉：「但Apple和Coco的情況，像介乎兩者間？」

我點頭確定：「為了實驗，她倆要變成灰色。」

我向Eric說明：Apple和Coco為了避過自燃，回憶最美好的事，這種美好，可能已在黑漆的水中加入整枝白色顏料的份量，由極黑變灰的異變全知眼視為「臨界點」。最後她倆卻在灰色裡穩定，所以全知眼判為正常。

「灰色你知道代表甚麼嗎？」我問。

「添黑色，會異變，添白色，亦會異變，這樣？」Eric小心求證。

「對。她倆在床上的依賴，添了白色，知道真相、被我背叛，又添了大量黑色，潛意識裡使用我的『抗燃大法』，回憶美好讓白色大量增添，看著熟人被殺，又讓黑色混入。」

「反反覆覆的異變，才是全知眼判定篡改基因的標準。」Eric明白劉螢的理論，但他想不通另一事：「妳應該知道，我對全知眼的運作從沒興趣。我仍在擔任除孽人，純粹因為妳被迫在這裡。所以……妳的解釋用意為何？」

我神秘地笑，Eric果然懂我，沒錯，這篇話不過為了一句話。

「嗯，像你想的……」

「大嬸！大嬸！」年紀最小的局外人突然爆門飛出，看到我便雙眼發閃：「大嬸！教我！教我彈吉他！」

「你滾啦，求我還叫我大嬸。」我不屑白眼，沒想到是野猴子壞我大事。

「唔？」明明十八歲，竟然嘟起小嘴扮作孩子：「好吧，我不喚妳大嬸，妳教我吉他吧阿婆！」

「去死。」我肯定他存心找碴的：「我不會吉他，就算我懂，也、不、會、教、你，死心吧！」

他的嘴嘟得更長失望道：「這裡只有妳會樂器。」

聽到這裡我眉頭一蹙，稍稍冷靜問：「誰跟你說我懂樂器？」

他的目光落在旁觀的Eric上。

「你究竟收了誰的廣告費，經常把我推銷出去？」

面對我的不滿Eric毫無內疚，還得意説：「她中樂也懂。」

「我不會吉他。完。滾！」我吼著。

「那妳會甚麼？」他還死纏不休。

「鋼琴、長笛、小提琴、揚琴、琵琶、古箏、單簧管，還有豎琴。」Eric倒背如流，比我更加清楚。

「阿婆好厲害，快教我！」他拍手高呼。

「你都是叫回大嬸好了。剛才沒聽到吉他兩字吧？」跟小孩子吵，我投降。

「甚麼琵琶古箏豎琴跟吉他一樣有弦線吧？」

「你有奶便是娘啊？」我叫破嗓子喊。

「妳教教他也沒所謂吧？」Eric插口：「他們的自由受到限制，想做的事也不易做到。」

「對嘛！妳看，大叔都這樣說。」

我沉默半晌，局外十二人都是危險份子，我們都被困在這所多重保安的大廈頂層，外出先要得到Frank的同意，還要有除孽人擔保，願意擔保的人不多。而我正因Eric擔保，才能在他陪同外出。

不過，我亦再難以外出了……

「曲譜，今晚給我，且看看。」我的答允激起他「Yeah ho」的怪叫，然後以山猴的模樣，百米飛人式在玻璃屋內環繞一圈。

「噗……」Eric半掩著嘴笑。

「笑甚麼？」

「沒……」Eric收起怪笑，露出如晨光祥和的笑臉：「覺得妳長大了，話多了，心也善了，看著好誘人。」

「喂喂，六十歲的大叔跟二十幾歲的少女說誘人……性騷擾嗎？」我附和鬧玩後，忽然自語：「社會，會變美好嗎？」所有人都能像他們談笑風生。

我甚少感慨，老練的Eric也準確捕捉，趁機突入平日聊不到的話題：「可以問個問題嗎？為何妳對全知眼……如此執著？」

「這是祕密。」

他問得彆扭，我卻答得爽快。也難怪Eric會如此問，進入全知部後，我反常地，積極研究和實驗，我比領工資的傢伙還要賣力，賣力的對象卻是囚禁自己的國家。

原因……我是這樣想的：

我的童年。如果不只光之代被注射疫苗，而是全國的人。那多好！父母會在殘暴中自燃，而我就可以換個樣子生存，可能找到位平凡的丈夫，過平淡的日子，或者在工作臺上為未來搏殺。執著？願望？只想斬斷悲劇的連鎖，拯救昔日的自己。新的社會，即便是虛偽的，但幸福就好吧？

到了明天，新秩序就要運行，已快到終點啊！衝線之前，有句話不得不說：「多謝你，老師。」我扭過臉與他對望又說：「在家裡帶我走，在全知部的囚室帶我走，讓我上大學，支持我的研究，即使犧牲人命還奉陪到底。Apple和Coco的死早就在計劃內，可Dick……」

「妳不是讓Dick的父母生存下來嗎？」

「原來你知道。」

「所以我說妳心善了。」

「才沒有。只是禍不及父母而已。」除孽人知道很多機密，權力非常大，動輒可動用幾百萬資金，也可以調用政府人員。但有項鐵則必守：絕不對「篡改基因罪犯」姑息，一旦違反，視為背叛。他本人及直系親屬也會受到牽連。那時我跟上面的人說，希望全知部放過Dick的家屬。

此時，Eric的臉像出席葬禮難看，這神情凝固很長的時間，接著灰黑的眉皺起，嚴肅的神態讓他蒼老，輕輕地喚：「小螢。」

我木訥地眨眼，故作平淡，事實是這遠久的稱呼讓我悸動。

他知道我在等待下文：「剛才妳說，妳是黑色的水，混進的顏料也是黑的。難道……」他難堪地倒吸氣續說：「難道跟我一起的日子，妳從沒丁點幸福嗎？連小小的白色也沒有？」他激動得驚濤拍岸的水花打到我臉上，而我神態依然，用平淡的口吻答：「很遺憾。從沒有。」

他的難受宛如目睹童話的大屠殺，我知道，不單單因為我的話，更多的是，他察覺到往昔的跡象，他偶爾會用全知眼對我檢測，所有結果無不是「基因正常」，我還在傷口上撒鹽：「你卻非常幸福呢，那段日子。所以，就這樣吧？」

Eric似在黑洞迷路，感受不到方向，疑惑地望著我轉身離開，剛要上前拉扯，會議室的門卻突然被推，十位局外人湧出，橫排一列，堵塞去路。

「你們！先讓開！」Eric看著遠去的人影大感不妙。

「大叔。」耳環男說：「前面是我們的房間，亦是通往局內人的內部。過去不太好。」

「混帳，這個基地那有我不能去的地方？」Eric一邊咆哮，一邊前擠，企圖突破人牆，突然「呯！」聲，Eric襯衫的衣鈕被打碎，眾人的目光移向開槍的局外人。

「呼呼。大叔啊，我想睡啦？睡一個美容覺很重要，你再踏前我就呼呼嚕……」嗜睡的美女打著哈欠道。

「你再踏前我就射向你腦袋。她這樣說。」男人婆一邊翻譯一邊抽出手槍道：「雖然不想與她同一陣營，不過不得不認同這是捷徑。」

「唉，也對呢。」耳環男也拔出手槍，幾秒間，接二連三的手槍在Eric眼前排成一列。

「咔、咔、咔！」扣下扳機的聲同響。

「我們啊，是罪犯，像這樣開一槍，毫無心理障礙。別挑戰我們的耐性。」耳環男收起往日的嬉皮笑臉。

「回、去。」經常沉於睡夢中的美人忽然清醒說。

「究竟……怎麼回事！」Eric咆哮，他盡量放聲大吼，讓遠去的人兒聽到。

「喔？原來Bella沒跟你說？」耳環男上前，伸手到他的西裝裡取出職員卡及手槍，單手一握，將職員證折斷，續說：「You are fried。」

「懂了？」男人婆用男人聲吼：「懂了就走，要不然睡美人發怒我們統統要陪葬！」

……

我躲在拐彎的牆邊，聽著外邊的槍聲、對話、喊叫。

「很遺憾。從沒有。」我淡淡地重覆自己最傷他的一句話。

幸福是甚麼？

隨便拿起它，被搶時，那種絕望，比起母親的家教，比起童年的黑暗，更讓人窒息。

我不相信自己得到幸福，正如你不相信我是得不到幸福一樣。

十八　B的人籠與夢

耳環男回想Eric臨別前對他的耳語：「劉螢她……從小開始就有人格扭曲的情況，為了置換懦弱，看著殘忍的事她會落入快感，如果時間太長，她就會陷入殺人的狀態。你好好看管她，稍有不妙就用麻醉槍，不要讓全知部有藉口介入。」

直到他回到房間看到蹲在門前的劉螢，她的頭埋到雙膝間，他撓撓髮碎，魔鬼般說：「我的房門不是茅廁，要拉大便的滾回妳的尿兜。」

這句話明明充滿槽點，她卻還蹲著不動，耳環男臉暴青筋：「喂，喂喂，別給老子裝聾！」

「女人真麻煩……」他碎碎念後又咆哮：「喂！他走了，妳的老師走了！喂，聽到嗎？」她不為所，他便起腳直踢，把她絆跌。

「你不能對淑女溫柔點嗎？虧你一副明星相。」劉螢爬起身不滿道。

「喔？哭腫的淑女充其量只是紙紮娃娃。」他狠狠揶揄哭紅眼的劉螢：「妳這樣子，不妙。」又嘆氣道：「既然不捨得老師走，又何必迫上級解僱他呢？」

劉螢沉默好久才解釋：「我和上面周旋多日，以終身留在基地為押，他們才肯解僱Eric。」

「所以問……」

「因為除孽人已經無用。」劉螢坐在地上，凝視身上血的浴袍，跟他分析。

劉螢指除孽人只是全知眼不完善的產物，如今知道祕密的除孽人反而是炸彈，所以以光之代為試點的實驗有成果，會陸續強迫他們注射疫苗，當出現精神異變便順勢消除他們。全國的人都必須接受疫苗，Eric也避免不了，但告別除孽人的身份，減少非人道的工作，精神至少可保穩定。

「所以要解僱他？但這也代表……」

「代表我跟他不會再見。我知道，我都知道！」劉螢咬唇道。局外人的自由受到限制，而Eric不再是除孽人，互相背離的兩人，注定緣分止步。

「趕走他至少可保留屬於你們的記憶嗎？原來妳也有自私得可愛的一面喔？」耳環男譏笑。

「毒品，分我。」劉螢哀求的臉就像賣火柴的女孩，他卻直接無視道：「吓？我可是洗心革面啦？毒品這種危險的東西，淑女是不會掛在唇邊。」

「好吧，你不給我就揚出去，你還藏住毒品的事！」她突然帶上邪神的面具陰險說。

「噓！」他的俊臉終於焦急：「妳做完殺人犯還想做吸毒犯嗎？聽哥哥說，毒品是壞人，不可一不可再。」

「哈？大拆家竟然搬出禁毒口號？變天啦。」劉螢擦乾淚水嘲弄他：「讓我看看，在哪呢？我也是大罪犯喔？罪犯看罪犯不會錯的。」她從腳開始打量他，瞄住他的閃石耳環奸笑：「啊，這裡嗎？」說罷扯下他的耳環，弄的他大叫救命：「痛死了，變態！喂，不要、不要全都倒進口！那是……」然而勸阻晚矣，他難堪地道：「是濃縮品來……唉，日後別求我幫忙戒毒。」

他挽起她的腰，踢開房門，淡淡道：「今晚我要看著妳睡，否則妳鬧出大事我也麻煩。」

劉螢的眼開始迷糊，糊涂地說：「你回去吧。為甚麼要留在全知部？你跟我們不同，對我們來說這裡是人籠，但外面是狗籠、雀籠、老鼠籠！在這裡我們至少是人。你呢？你只要撥個電話就可以離開！」

「閉嘴啦，不用妳管，再嘈就餵妳吃老鼠藥。」她如酒後的亂語讓他心煩，每個人的過去不同，被關進來亦各有因，他是有家底的人，要去要離誰都阻不了，所以他是自己要求待在全知部，皆因「好玩」兩字，故她看不過眼，非常看不過眼。

「聽好，殺人犯小姐，在我們局外人當中，妳的罪行算是最輕最輕，量化刑罰只是判囚105年。妳只是個半吊子的罪犯，蠢材。」他把她拋到床上，隨手扔張薄被蓋住她的肚皮，然後在電腦開啟視訊程式，對面人向他畢恭畢敬：「請吩咐。」

「我發了相片給你，他叫Eric，盡量幫助他，別讓他自燃。另外，我最後的毒品給人搶了，找人帶一點來。對了，還要弄點戒毒的藥。」

「戒毒？」

「嗯，我不想她染上毒癮。就這樣。」他的指令完畢便迅速關掉程式。托著頭望住入睡的劉螢，她嘴角的淺笑，甜蜜無害，好像進入了烏托邦的隧道，他苦笑搖頭：「做個好夢吧，傻瓜。」

十九　E：一枝煙，掛念誰？

我(Eric)抬頭望住全知部大廈的頂層，告別它，亦告別她。點了根香煙，就像劃了根小女孩賣的火柴，一圈圈的煙霧載著記憶的走馬燈，閃過精神病院裡的小螢……

「劉螢情況如何？」我和主診醫生來到精神病院的隔離病房探望被關多月的她。

「營養回復到正常，麻醉藥的副作用亦都消失，骨折、傷口癒合得很好。只是精神康復並不樂觀。」

我從玻璃窗偷看縮到牆角的劉螢，她不停在地上指畫，口中唸唸有詞。

「在寫甚麼？在説甚麼？」

「對不起。」醫生扶額搖頭：「自從被關進來一直如此。」

我想起片段裡，她被困在狗籠的一幕。

「不困住她可以嗎？我覺得會有助病情……」

「不可。」醫生的否決讓我失望：「經過評估，她曾經出現精神分裂和人格自我保護的現象。而且Frank也不許放她出來呢。」説罷把一份醫療記錄遞上。

〈劉螢催眠記錄〉

劉螢被催眠後，憶述案發經過。當日她被父母抓住要在背上刺字，她說她為了轉移痛楚，望著碗裡的黑醋，跟自己聊天「加油！熬過這次就不會痛！」、「這樣會令媽媽開心，忍住、忍住叫。」聊著聊著，她覺得不痛了，字亦都刺完了。但黑醋裡的自己，突然開口問她：「妳不痛？妳真的不痛嗎？妳不恨？妳真不恨嗎？」

她矢口否認，但黑醋裡的她卻說：「妳騙我，妳騙不了我！妳是我，我是妳。殺了吧，殺了他們吧！妳想做，妳想這樣做！妳做不了，妳如果做不了，把身體給我，把身體交給我！我保護妳，我一定會保護妳！」

然後她發現，她跟黑醋裡的自己交換了身份，黑醋外的自己跟父母這樣說：「爸、媽，你們聽小螢說，小螢覺得這樣不夠誠意，如果小螢把自己的手半砍下來寄給老師，老師一定會明白苦心，將大過撤了。」

他倆對望點頭，爸爸率先說：「犯錯就要道歉，對等的賠禮也是應該的。」

媽媽也跟著說：「我乖巧的小螢回來啦，懂得自己補償啦！快、快去拿刀來！」

黑醋外的我把我嚇呆，我在黑醋裡哭著，心跟醋一樣黑了酸了，難道一個大過比我的手重要？其實我心裡有數，因為心有答案，所以我不斷哭不斷哭，哭得天也塌下，但沒人聽到，他們聽不到，只有黑醋外的我聽到，對我笑說：「別哭啊，傻瓜，很快就結束，先睡一會。」

我沒睡，我不會睡！我看著自己從廚房抓來切肉刀，然後跟父母說：「小螢自己來好了，這是小螢的錯，不想弄髒父母的手。」

他們笑了。

他們竟然笑了！笑了！

「小螢，真是我的乖囡小螢，媽媽真的很開心！」媽媽的笑容像結婚照幸福。

「呵呵，小螢很努力改過呢！」爸爸的笑容像抱著初生的我般期盼。

「當然，小螢最愛爸爸媽媽。」黑醋外的我一邊笑，一邊高舉肉刀，朝手腕急砍，迫近皮膚之際，刀鋒倏轉，向旁邊的男女橫砍！

哪來的力氣？哪來的手法？

我像劇中的殺手一樣，將負傷的父母踢飛。他們捂住腹側的鮮血，破口大罵：「妳、妳在幹甚麼！快……講對、對不起。」

看著臉色蒼白的父親，我的頭往左深歪，自語：「啊咧？我沒自燃嗎？唔，我原本以為只要動了殺念，就會像健康一樣。倒想看看，母親看著自己栽培的心血在眼前燃燒的神情……真可惜。」

那刻我才知道，原來我不是想殺了父母，而是想在父母前自殺。後來我想明白，要自燃還要有「三角形」的條件，只是當時我並不知道。

「妳、妳沒人性！連媽、媽都傷害，豈、豈有此理！」媽媽無視傷口的痛，抓來打我的鐵尺，從地上爬起，像一把制裁聖劍，迎頭劈下。我揮動刀子，「霍霍」兩聲，在她的手臂間穿插，血突然噴沖，然後她的手就像一片枯葉落下。

「Bella，傷害媽媽大逆不道！快、快跪下來……講對、對不起。」爸爸氣喘地道。

我繞過呆看斷落手臂的媽媽，走到爸爸身前，亮出一雙笑眼：「爸爸說得對，對不起啊！」刀同時舉起，銀光朝他的天靈蓋直插，我一邊說：「對不起。」就往下一刀，每一刀都讓我的唇角淺起微微的弧度，「對不起。」直到笑的幅度擴到最大，「對不起。」血迸發的速度也達到最快。我不知朝那空洞的腦插了多少刀，才聽到爸爸醒過來的慘叫。這是我第一次，亦是最後一次，聽到他像人的語言。

然後到媽媽，我像死神般迫近失魂的她。她想叫，於是我插住她的叫聲，她憤怒地瞪住我，於是我插住她的目光。她不再反抗了，我就劏開她的肚皮……

全世界都安靜下來。終於都安靜下來。那個我捧起黑醋，蹲在牆邊，跟黑醋裡的我說：「妳還是不要出來，妳受不了。」於是我一直躲在黑醋裡，那個我呆在黑醋外七、八天，只靠喝水和一包餅乾撐了七、八天。我跟外邊的我說跑出家門找吃的，那個我卻說，跑出去會讓人發現，讓人跑進來好了，像那個甚麼老師總會來的。可是太餓了，那個我快要撐不住，於是隨便撿起屍體的殘肢，就拿去廚房烹調。

後來我回來，我從黑醋裡回來，捧住那香噴的食物，不停咬不停咬。直到Eric老師來了，那位同學突然跟我說甚麼惡作劇。他的眼鏡倒影著我的臉孔，然後鏡片裡的我跟我說：「該死！這該死的傢伙！」鏡片裡的我將我推開，搶了身體，舉起了刀，一刀一刀將進來的同學肅清。

最後我看著我暈倒了，我醒來時已經不在家裡。

記錄完畢。

是想在父母前自殺。

這句剖白的話讓我沉重。是不是我令健康自燃，讓她萌生了以死抵抗的想法。

我想起一句關於自殺的話：我一直都被選擇，只有死亡我可以決定；自殺並不可怕，比自殺更可怕的是厭世和失望。

我決定了，我要與她同行。

將記錄交還，我跟醫生說：「既然她不可以出來，我進去總可以？」

「嗯？可以……」

「開門。」我指了指門鎖上的瞳孔識別系統。

我踏入隔離室前，扭頭跟他說：「我會跟她一起住在這裡，如果有全知部的人找我，便跟他們說，我在這裡放長假。」

「吓？」醫生難以置信，想要叫住我，門卻迅速關上。

「小螢。」她仍穿著血色浴袍，聽說她堅持穿著，拒絕除下。

「小螢……」她沒理會我，仍自顧自地指畫。我輕撫她的小頭再喚：「小螢。老師以後陪住妳，可好？」她仍沒反應。然後我對住空氣說一堆有的沒的話，講講自己去過的國家吃過的美食，聊聊各種奇聞等等。她卻一直縮在牆角指畫。

一個多月後的某日，醫生送來葡萄糖水和我的午餐，因為劉螢一直不願進食，只能為她打藥。但那日，她抬頭望著我吃的飯盒，一直望著，我不知有甚麼吸引她，不想迫她說話所以沒問。直到我準備吃下最後一口……

她用極輕的聲音問：「這是甚麼？」

哇！她說話了，把我嚇得半死！像公仔會說話般，是午夜凶鈴！

「豆、豆腐火腩飯……」我抖出語聲。

「吃完你會變得浪漫嗎？」她用古怪的語氣問著古怪的問題。

「呃……」我被問歪了。幾天前跟她說了豆腐火腩的故事，從不認為她在聽，看來我的耐心超越我的期望。

「我吃了也會變得浪漫嗎？」她問。

人來，哪裡有白旗啊，跪求一用。不，等等……她剛才說，「她吃」？

我像聽到意中人答應求婚般笨拙：「吃！啊，不！我吃，不不不！妳來嘗嘗！」

哎呀，最後那句竟像變態大叔誘吃迷藥。

「來。」我想不到，更變態的是，我自動請纓勺起豆腐、火腩肉和白飯到她唇邊，她像小貓般把勺子含到嘴裡，咬了幾口，她垂頭凝視已經清空的發泡膠盒，悄悄地說：「好奇怪啊，浪漫是這樣嗎？」

我看不到她的臉，但我的確看到滑到飯盒上的水珠。我忍不住拍拍她的小頭說：「啊啊，小傻瓜，浪漫就是這樣啊。」

那天以後，她開始吃東西，亦開始說話，為了讓我解悶也為了讓她解悶，我讓人帶來大量的益智遊戲。她看到整室的玩具歪頭問：「這些是甚麼？是女人的浪漫嗎？」

「是孩子的浪漫。」讓她繼續誤解好了。

「沒玩過？」白問的問題，她的家豈會擺著這些玩物喪志的東西，所以我沒待她回答就說：「挑款，我教妳玩。」

漸漸地她的話多了，她的催眠評估亦趨向穩定，於是我向上頭提出領養劉螢的建議，上頭雖然也批准，但亦有多項附帶條件，其中一條就是劉螢不得隨意外出。

想不到帶回家裡才是頭痛的開始。她經常呆坐在沙發上，甚麼也不做，電視也不會看，像木頭般發呆。幸好的是跟她聊天，她還懂回答。

有次我忍不住問她：「小螢做甚麼也可以，去做自己想做的事吧？我的家有三層喔，健身房、書房、娛樂室、花園你隨便走走啊？」

她抓住紅色的毛巾浴袍，不太理解地望住我道：「我應該要做甚麼？Eric老師想小螢做甚麼？」

「我是問，小螢想做甚麼？」

「Eric老師想小螢做甚麼，小螢就做甚麼。」

她的回答讓我清晰明白她的生存障礙，長久以來，只有人告訴她要做甚麼，從沒有人讓她自己去做事。後來我參考醫生的建議首先沿用過往的指令生活方式，再慢慢灌輸她自主意識。

「小螢，在書房裡挑三本書，五天後看完，再寫一份簡短的閱讀報告給我。」我迎合了她的生存經歷，嘗試指令她做事，果然她就像接收到訊息的手機，電話終於接通了，她問我：「書房在哪？」

「第二層，飯廳對面。」我搖頭苦笑。

而我想不到，這個小女孩，就是讓社會推進的開端。

三天後劉螢將300多張的A4字遞給我，我疑惑問：「這是甚麼？」

「閱讀報告。」她擦了擦手指上的鉛筆跡，怯怯地問：「是不、不夠嗎？還我！我再、再去寫……是、是我懶惰！對、對不起！我……」

她神情變得慌張古怪，陷入無盡的驚恐裡，我立即拉住她的手，與她四目對望，非常凝重地對她說：「小螢，聽好，再沒人會罰妳，她不在了！妳母親已經死了，妳的主人不是媽媽，妳的主人是妳自己！」

「你說甚麼？媽媽在啊……在這裡。」她抓住自己的浴袍不斷喃喃：「在這裡、在這裡、在這裡。」

我嘆了口氣，替她注射鎮定劑。

她倒在我的大腿上熟睡。我便拿起她給我的閱讀報告，嘆道：「我不過讓妳看些《白雪公主》啊，《小王子》那些，妳寫三百張……」

「不對！」我快速掃過幾十張內容，發現她挑的三本書都是關於全知眼的，這些書都是成為除孽人後供內部閱讀的書，我看完了，就放在書房裡，一直沒歸還，這些書豈會是位八、九歲的學生看得明白？但……

她的閱讀報告推翻了我的預想。

「怎、怎可能……」劉母根本培養出一隻怪物，不對，難道她的父母一早看得出她的資質才會如此教育她？

反覆閱讀這三百張紙，發現很多想法即使是天馬行空，欠缺實在理據，卻是一種新穎的見解。就像這段：

聖堤國現任的領導人Frank，曾是洋國的科學家，他心醉於遺傳學、基因研究及病毒學。所以我認為，Frank在研究的過程中，加入了自己拿手的基因程序，研發了運用在「戰俘之願」中的「社會武器」。

「竟然稱全知眼做社會武器，挺貼切。」我又翻開另一頁，最有趣的是這段：

根據全知部現在的研究，認為人體自燃便是全知眼的最終形態，我對此抱有疑問。首先，出現局外人已說明它並非建全的制度。再說，全知眼顯示出來的「篡改基因罪犯」，關係到「基因」的工具才是洋國科學家想出來的最終形態。有關最終形態的可能性，憑手上的書不足以推敲，但可以肯定的是，最終形態的工具須透過自燃產生，否則自燃就是虛有其表。而這個最終形態，必須蘊藏極大的精神力量，就像汽球那樣，吹脹到極限，放點氣，再吹至膨脹，又再放放氣，持續進行，直到汽球被吹至最大，才進行自燃。這樣的前提下，需要誘導對象持續累積負面精神力和釋放精神力間交替。結論，當前的只是「對人」的全知眼，最終形態或許是「對國」（能監控整國人民）的全知眼。

翻查Eric的文件，發現現在注射的疫苗是「複製病毒」，沒有使用最原始的「原生病毒」，相信現在由「複製病毒」製作出來的全知眼，並非完整的，看來要使用「原生病毒」才能產生最終形態的工具。

我一整夜坐在沙發上整理她的報告，直到她在我的大腿上緩緩醒來。

「嗯，我睡著了？剛才我正在做甚麼？」

「小螢，妳看的書需要某些知識基礎才看得懂，為何……」

「書？啊，對了，唔？知識基礎？」她的神智看來還不清醒，想了很久才答：「媽媽經常要我看那些書和做那些練習。」

「哪些？」

「大學的教科書。」

「……妳才八歲不是嗎？」

「這有關係？」

對啊，對她來說這種關係已遭到抹殺。也許她資質上乘，不過更多的是「人工天才」嗎？

「我……是不是做得不夠好？」她小心翼翼地問，見我不答，她焦急起來：「我多寫一倍……」

「不！」擔心再度引起她的精神錯亂，我即搶話：「非常好！真的！非常厲害！完全超越我的想像。」

「咦？」她亮出一雙我從沒見過的眼神，像兩顆剔透的夜明珠，在夜裡泛出銀閃的期望。

跟她四目對望，我被她銀色的漩渦吸進去。

這天開始，她變了樣，我再不需要為她下令，她就在家裡東奔西跑，找想看的書看、想看的影片看，還求我教她用電腦。雖然她看的都是全知眼的資料，但這算是她自主要做的事情，所以我沒有阻撓她。

直到她十五歲那年，書被掉得一地都是，廚房也打仗似的，還有野老鼠，半死的魚在爐子上。我回來後嚇了一大跳，唯獨這次我想要斥罵她，但她見我回來，含住一眶熱淚哀求：「老師……可不可，想辦法……讓我上大學！」

哭了，她竟然哭了？

我沉思後得出答案，這間屋，已經成了她的局限。所以我沒問她原因和想法便應了她的要求：「好，我去交涉。」

雖然答應得爽快，但我知道這非易事，果然我的要求在會議上遭到全體否決。毫不意外。我亦有兩手準備，只是這東西亮了出來，這班吸血鬼一定會咬住劉螢不放。

「Eric，她是殺人犯，讓她在你家生活已是最大讓步，說甚麼上大學，到時她又殺……」

我打斷同工的發言：「各位的憂慮我都明白。但請先看這些文件……」我將成千頁的文件派到各人手裡，說明：「頭一份是劉螢八歲寫，中間一份是她十歲時寫，最後一份是近期寫。看到最後你們就會明白，她欠缺資源和指導。」

其中一份最有亮點的，一定是這份：

病毒的原型是一種由實驗室自行繁殖出來的蟲卵，經過基因改造的手段，令蟲卵天生帶毒。有些蟲類以吐絲成蛹，再破蛹成蟲，情況有點類同。這種新型的蟲卵，在植入人體後，會在人體寄生，牠們與人共存，牠們以人類的精神能量為糧食，足夠的精神能量就能令牠們蛻變，情況如吐絲成蛹，但牠以自燃的形式出現，自燃過後牠們就能成形，那些殘肢正是蟲卵的蛻變，殘肢正是蟲卵的核心，折斷殘肢，那隻如人類眼珠的東西，正是蛻變後的成蟲。

他們翻了幾頁便乖乖閉嘴，我一邊喝咖啡，一邊欣賞他們的表情，足足一整天，他們把那厚東西吞掉，主持會議的Frank還由衷地讚嘆：「後生可畏。她發現病毒是實驗室繁殖出來的蟲卵，呵，上乘資質。不過可惜，被這個黑暗的社會糟蹋了。」說罷，他直截了當地跟我交涉：「行。讓她進大學，最好的教授、實驗的資金、學費和生活費聖堤國會包攬。條件兩項，第一，入學起，她須每天到全知部工作；第二，時限，讓她在十五年內完成最終形態的全知眼，否則就換我們實驗。」他頓了頓繼續說：「讓你死在劉螢眼前，也許她的精神異變足以達成最終形態的條件。還有，待會押她來見我，我面對面跟這個有趣的孩子聊聊。」

桌上嘩然，然而我二話不說接受。當然我只告訴了劉螢第一項條件，直到她二十二歲，局外人的新成員來了，他是全國最年輕的駭客，就是整天像泰山「Yeah-ho」怪叫的少男，他拿著電腦拉住劉螢說：「喂，大嬸，這份機密文件，妳應該大感興趣吧？」

她知道情況後，跟我大吵一場。不過吵鬧也改變不了，我跟她的時間只剩五年。三年來她不斷接觸實驗體，失敗佔全數，直到她發現Apple和Coco，一切就在她盤算中進行。

——一個人畢其一生的努力就是整合他自童年時代起就已形成的性格。

我叼住的煙燒盡，人離煙散。吐下煙頭，就再不回頭，告別它，亦告別她。伸懶腰、舒展肩膀，踏上退休的路。

其實也不是捨不得，正所謂一個人的死是對另一個人懲罰，所以只要瘦弱的小螢如今身體健康就行。

二十 FB：「戰俘之願」

毒品讓劉螢穿越過去一個又一個的夢，她的惡夢很多，甜蜜的夢很少，輾轉之間，竟然和那個Frank相遇的回憶，都成了甜蜜的一部分。

夢中的她，像一名在天空飛翔的外人，以第三者的姿態，看著往昔的自己，看著那曾經聆聽過的故事。

夢境的畫面落在聖堤國建國前的國家——洋國。

洋國有五百年的建國歷史，科技十分發達，利用了一百年時間研究「戰俘之願」的計劃。Frank原是洋國的科學家，起初他跟所有科學的發燒友一樣，為研發而狂熱，沒有深思研發的目標。或許說，他只像所有的打工仔一樣，只為領薪而工作。他從不知道，自己原來研發著可怕的政治科技。

「甚麼是『戰俘之願』？」Frank總是碎念著這個計劃的名字，他被疑惑、好奇引誘著，於是他隻身犯險地入侵國家機密系統。終著他得到了答案……

為了國家的永續，推一代去死。戰俘，那一代不戰而敗，從一出生而是戰敗之人，剝奪了整代人的情感、夢想、話語權……生而為俘……然後呢？然後成全了那繁榮的願望。

Frank那一刻多恨自己啊！痛恨著幫兇的自己。血氣方剛的他，容不下如此「邪惡」的自己。於是暗地裡組織著反叛的組織。直到科研產品日趨成型，直到那「戰俘之願」的計劃迫在眉睫。

以Frank為首的組織叛變了。

事實上那場叛變不費吹灰之力，因為叛亂組織中大多是頂級的科學家和IT專才。駭客入侵了掌權者的電腦，控制了他們居所的保安設施，然後科學家們以檢查居所的安全系統為由，偷偷在他們的居所中放置了微型機械人，科學家們坐在遠處的研究室中，輕輕按下啟動的鈕，那些微型機械人便噴灑出致命的毒氣。憑著偽造的文件，一夜之間，改朝換代。

洋國的支持者自然有掌軍權的人，不過所謂的軍人，需要持有武器，才能無堅不摧。干擾機械的運作正正是Frank這批科學家及黑客們的專長。這幾個月的內戰，雖然兩邊各有死傷，但最終Frank的叛亂組織成功奪權。重新建國，取名聖堤。

聖堤建國的第一件事。便是摧毀進行「戰俘之願」的研究所。Frank啟動了實驗室的自毀程序，自爆後再沉沒到深海之中。

聖堤建國30年，2030年。

血氣方剛的Frank步入中年了，與歷史上的掌權者一樣，他照著那面歷史的鏡，當天他一個討伐「邪惡」的念頭，就推翻了一個時代，難保他日有跟自己相似的人，人民又陷入水深火熱中。

這位55歲的掌權者，想起了昔日的「戰俘之願」，還有那所研究所。

於是派遣了搜索隊，前往深海的廢墟，嘗試尋回昔日研究的成品。

探索隊在深海中取回了一個特製、已經燒焦的黑箱子。

Frank對著那若棺材般大的箱子竊笑：「30年沒見了，想不到你還安好。」他像對老朋友一樣打招呼，沒錯，這就是洋國為了「戰俘之願」而研發的病毒。

夢境的畫面一時，像穿越時光隧道一樣，來到一所密室，Frank已是70歲的白髮老人，有一位瘦弱的女生被押到老人面前，她被綁著手腳，落泊地跪在地上，她的左右兩邊都是押解她的持槍軍人，軍人的槍一左一右地對準她的腦門：

「孩子……你叫劉螢嗎？」Frank問。

「你是誰……你剛才說的『戰俘之願』和這個國家的事……為何要告訴我呢？」那時候15歲的劉螢第一次與Frank會面，那時候的劉螢對老者所說的前塵往事不感興趣；她只想知道她為何被押到這裡，她只記得一批軍人突然衝進Eric的家，她吸入一陣迷煙，醒來就在這了。

「呵，像我這將死的老人，你不必認識了。」Frank拄著拐杖，從搖椅上撐起身子。一拐一拐地走近她，然後用拐杖撩起她的腦袋，靜靜地注視她，她一雙空洞的眼神，讓歷盡滄桑的Frank都感慨著：「真是令人心痛的眼神……孩子，感謝你的犧牲。」

「甚麼？」劉螢一臉茫然地矚著Frank。

「孩子，我想試一試說服你。」他頓了頓，用玄妙的語氣說：「曾經我因為政權的『邪惡』而推倒高塔。現在當我站在高塔之巔，竟然不勝寒了。只想斷絕日後的邪惡。這個想法是『正義』的，貫徹『正義』少不了要不擇手段。」話題一轉，Frank說到劉螢身上。

「妳的身體注射了從海底帶回來的病毒，妳那所小學全校的學生都被注射了，那間小學正是『戰俘之願』的實驗場地……啊，對了，孩子，妳如何看『美好』這個詞語？」

「啊？美好得醜陋。」劉螢淡淡的幾字，心中卻如刀割。一瞬間，無盡的「對不起」、那鐵籠的煉獄，又再浮現。她在同學的眼中是如此「美好」，成績、能力如此出類拔萃，但都是醜陋得嘔吐的環境下培育出來的。

老人慈祥地笑道：「對呢，妳在家裹，想要過上幸福美好的日子，答案不是顯而易見嗎？殺了他們。美好是需要醜陋來達成的……」

「我都知道。」劉螢打斷他，問：「你想說為了社會美好，要殺掉像我這樣瘋掉了、壞掉了的孩子嗎？」

「殺掉？不……」Frank又再慈祥一笑，但這次卻半帶寒意：「『光之代』……你們這一代，我們早就棄掉。『光之代』只是戰俘一樣，命不由己。」

「你……是想說，反正『光之代』身帶病毒，都是死路一條，與其白白去死，不如用醜陋來成就美好嗎？」劉螢一針見血地問。

Frank用拐杖把她的頭勾得高高，用一張「答對了，妳真乖」的笑臉俯視她。

「哈……憑著我病毒免疫的體質，你就不怕我像昔日的你，把你推翻嗎？」劉螢語音剛落，腦門兩邊的手槍，同時響起上彈的聲音。

「冷靜點。」Frank擺手，示意兩邊的軍人不必開槍，他說：「老實說，我不怕你來推翻我。可是，當妳站在我的高度，妳也會同樣地執行『戰俘之願』的計劃……為政者為政，終其一生，得到的答案都是相似的。」

「好好想想，妳過去所遇到的悲劇，現在某處仍相似地上演著悲劇的連鎖，可否斬斷？有些人在社會中如同炸彈，該死的，早死掉，這不是最簡單斬斷連鎖的方法嗎？」

「哈？」劉螢無視自己的處境，直言不諱：「你的存在就是悲傷的連鎖，斬斷你不就行了嗎？」

Frank與她四目對望一下，下一秒，他敏捷地搶去軍人的手槍，迅速的解開劉螢的手銬，另一手馬上抓住劉螢的手，把她的手覆在手槍的握把上，然後把槍口貼在他自己的前額，中氣十足地吼著：「開槍！假如妳認定現在殺了我就能解開悲劇的連鎖，那麼立即動手吧！」

劉螢雖一臉錯愕，卻沒有方寸大亂，她既沉默不語，又不為所動。

她思考，靜心地思考。

悲劇的來源？痛苦的源由？

某一瞬間，靈光一閃，想到那唯一的答案——

悲劇始於人性，始於人，這個人是誰，根本沒關係。對啊，她才沒天真地想過，她的父母換了另一個人，悲慘的經歷就能終結；只要她的父母是人，悲劇只是用不同的形式詮釋著。

結論是，殺了他，無補於事。

劉螢心中喃喃：斬斷悲劇的連鎖嗎？

那漫無目的、毫無寄托的劉螢，目光流轉間閃過一抹光彩。曾經，她為母親的成材夢而活，為父母的目標而活，她如何努力、乖巧也無法滿足父母的慾望。她的童年，受制於父母，父母就像「戰俘之願」的實行者一樣，她為了成就母親的願望，她像戰俘一樣，受到母親的奴役、虐待，她沒有自己，沒有思想，她不敢有、不配有。

沒人需要的她，又再一次被人需要了嗎？

可以寄託嗎？

可以成為活下去的目標嗎？

「我明白了。」劉螢深思熟慮後道：「聊一聊吧，『戰俘之願』。」

這是她仍想活下去的目標——斬斷悲劇的連鎖。

這是她被押到Frank面前，跟他的第一次見面。

這是甜蜜的夢。

她終於找到，生存的目標，可以活下去的理由。

然後又是另一個夢。

劉螢夢起了昨天被Frank帶走的事。

「是這裡嗎？妳殺死Fiona的地方。」Frank和一批軍人，帶著上了手扣的劉螢，來到當年輕軌出事的現場。

「哈，是呢。」劉螢輕描淡寫的一句觸動了Frank的神經，他矚著她說：「妳只是一個還未判死刑的殺人犯，現在就地正法可好？」

劉螢仰了笑臉，笑得瞇成一條線：「好啊，國王先生。」

「妳這樣隨便就說死，最傷心的是Eric。殺人，是有報應的。不用我動手，妳會得到妳應有的。」Frank感慨萬千：「像Fiona的死，也是對我的報應。」

確認了Fiona當年逝世的地方後，軍人就幫忙封了輕軌，把準備好的祭祀用鮮花交到Frank手上。一個老人與一束鮮花，形成強烈對比，他緩慢地蹲下來，單膝跪地，閉眼祈禱。

「還有妳的女兒。」劉螢笑嘻嘻地提醒，老實說，她真的樂透了，她的人生都被這個男人設計的社會顛覆了，現在總有種報復的快感。

「對啊，Fiona是間諜的事我一早知道，我和她利害一致，都是利用感情來取得情報，演著演著，就演出感情來了。只是我並不知道高雯的存在……」接著把花放在Fiona當年血濺當場的位置。

「現在你知道了。」

「嗯，知道了。對了，當年為何沒有讓高雯死於車禍？還用全知部的名義指令醫院要全力營救呢？」Frank的問題，令劉螢愕然，似乎沒想過他會問這種無關痛癢的問題，頓了頓才說：「因為不忍心呀。」

「不忍心殺一個孩子嗎？」

「不忍心殺死一個有價值的研究材料。所以那時候我叫停了Dick，也要求醫院營救。」

Frank冷哼一聲，彷彿早已預想到她的答案。

「她們都死了但代表著甚麼？代表著要為她們報仇對嗎？」Frank反問。

「對啊，來殺個痛快。」劉螢的神情變得扭曲、古怪，彷彿期待著他的制裁。

「妳想死，是因為可做的事都完了嗎？戰俘之願的研究、報仇、Eric的生存等等。可是世界不會如你所願，為了那從沒有感情的女兒殺了你嗎？比起那個不知來頭的女兒，妳、劉螢，不是有價值多嗎？父母是殘忍的，妳不知道嗎？」

Frank處之泰然的樣子，讓劉螢十分沒趣，她想看到Frank撕心裂肺的樣子，看到他為自己建立的悲劇連鎖後悔痛泣的樣子，可是她沒如願。或許她太天真了，做大事的人都是心狠手辣，有時所謂的血親，就必須承受著血親的殘忍。

Frank突然解開她背後的手扣，又說：「真抱歉，讓妳失望了。」Frank劃滿了皺紋的嘴角盪漾出勝利的笑容，彷彿扳回一局，讓劉螢大失預算。

劉螢漠視這位老人，自顧自地扭動那被鎖得瘦軟的手腕，每次外出不但要被聖堤軍跟著，還要用手銬或腳鍊綁著，無時無刻都提著她，她只是一個犯。

Frank似讀懂劉螢的心思，他說：「殺人犯、階下囚，妳的確是啊。只是你用戰俘的身分賭贏了。」

「哈？我賭贏了甚麼？」劉螢一臉茫然。

「15歲那年，我把妳押到面前。然後妳意氣風發說甚麼『聊一聊吧，戰俘之願』，接著妳不是誇下海口說：『我替你實現戰俘之願的計劃，要是我有這樣的能耐，你就把聖堤國送給我吧！』」Frank模仿著她當日的語氣。

「說笑，鬼才要。」劉螢打了個呵欠，完全摸不透他的目的。

「我老了，活不久了。孩子，妳用戰俘的身份逆轉了，把世界顛覆了，一下子還有了這個國家，不好嗎？」Frank沒有說謊，運用病毒改變人的生活、社會的秩序，聖堤國不再需要實權政府，反而需要一位掌握病毒機制的人，他又再游說：「待我死了，聖堤國就是妳的不好嗎？這不是好好的生存目標嗎？」

「不要。」劉螢一口回絕：「與其給我一個國家，倒不如你還給我，還沒走火入魔，還像修女一樣，會待我溫柔、呵護我的父母。」

劉螢甚少提及那段往事，一下子感觸的淚水在眼眶打轉，她仰了仰頭，用抬頭來困住眼淚，凝視那片澄清無雲的藍天，心中寄語天堂的母親：媽媽，妳看到嗎，妳的女兒這麼厲害，連國家都是她的了。媽媽，我恨妳，我愛妳，對不起，我殺妳，所以我活著贖罪了。

她雙手抱著自己，十指抓著身穿的血色浴袍，吸盡了媽媽鮮血的袍子，那洗了千萬次仍帶著血色的袍子，媽媽一直在她的身上，媽媽一直用血來擁抱她，用血來愛她，她是媽媽那引以為傲的心血。

她的盼望召來了天堂的靈魂，那靈魂掛著她記憶中的慈笑，她振翅著那雙潔白的羽翼，用那溫柔的羽翼裹著她、抱著她，然後在她耳邊柔語：「小螢，媽媽愛妳。」

二十一B：社會武器的最終形態

我在過去的夢醒來，望著雪白的天花覺得異常空虛，多想回到甜夢裡，渴求天堂的焦慮令我咬牙，心忖：不行，我還想要！

翻身下床，著急地拉開門卻見小野猴，他又喊著學吉他，我卻問：「耳環在哪？」

「呃？剛才在花園……」語音未盡我就瞬間跑到天台花園，看到涼亭附近高大的耳環男，他仰望藍天，看了很久，忽然一隻老鷹飛過，他就咬指吹哨，老鷹抓住的小布袋便從天而下。不用說一定是「走私貨」，我飛跑過去，大喊：「我見到了，裡面的、分我！唔……」

耳環男應聲轉頭，強行掩住我的嘴，耳畔說：「真的瘋了，連理智也被吞掉嗎？走私貨的事本來只有妳知我知，如此大喊我若被人質問，看我殺了妳！」

我滑頭地笑，小聲回應：「好好好，大哥，我不亂喊以後也不喊，昨天的『糖果』你來貨啦？分給我堵嘴。」

「唉。」耳環男扶額搖頭：「滿嘴都是吸毒犯的台詞。」

我高興地望著他拆開小布袋，取出一粒糖果，拆開包裝就塞到我的口中，然後強掩住我的口道：「吞下。」我難受地支吾，想要吐出口裡的糖，這東西又苦又酸，根本不是我昨天吃的貨！

「不吞嗎？」耳環男掩住我的口繞到我身後，粗暴地後仰我的頭，舌上的怪糖突入咽喉。他鬆開手，我便連連咳嗽，糖果卡在喉中，十分痛苦。

「我的糖以後不要亂吃，妳喉中那粒，相比昨天吃的貴出好幾倍，而且多吃會失去藥效。只救妳這次，下不為例。」冷淡的表情就像看待地上的螞蟻搬家，稍帶失望道：「劉螢，無痛苦的世界，何其虛假，因為痛苦所以生存，妳才是妳。這道理要我再提醒的話，我會讓妳吸毒而死。」

然後他勾起我的臉，直吻下來。

「呀！好痛！」我被吻的唇支吾著，淡淡的血鏽從唇邊漫延，原來他咬住我的唇。他移開俊臉，邪笑道：「果然從童話到現實，救醒公主的都是王子。」

我傻望他，心裡小鹿亂撞，剛才究竟是甚麼狀況？吻、吻了？為甚麼會吻上啦？有必要嗎？不、不對，那是！

「初吻。對吧？」他魔鬼地道：「美好這回事，現實不也有嗎？」

我無視他的惡趣味，垂下頭淡淡說：「你的糖好厲害。」

「看見甚麼？」

「烏托邦的家。爸爸和媽媽快快樂樂一起吃飯、玩耍、外遊……還有對所有人來說都十分可笑的夢，被押到Frank面前得到生存目標的自己。」

「那種糖會將人潛意識的慾望幻化。」

「你經常吃？」

「嗯，經常吃。」

「上癮啦？」

「沒。吃了，但夢裡一片雪白。」

「雪白？」

「既沒慾望何來幻象。」他笑語。

我皺著眉凝望他，這句話聽起來特悲傷的。

「來找妳了。」他示意我往身後看，是兩位全知部的幹部，他倆走近説：「劉小姐，今天要啟動最終形態，我等前來邀請。」

「嗯，這就來。」我揮手告別就隨幹部來到會議室。

我在討論桌上重新解釋計劃的程序。「戰俘之願」本是以光之代為試點的計劃，現在計劃已經成功了，他們的犧牲已讓最終型態的全知眼出現了。所以現在可以大量複製疫苗病毒，然後引發全國性的疫症，再向國民免費接種疫苗。全國國民都在全知眼的監控下生活。零罪案、全包容的社會便應運而生。

回答會議成員的提問後，我們進入地下密室，室中置有巨型的精密機器，幾百條粗杆電線連接它，儀器中心有一人型——Apple。現在還是她的容貌和軀殼，但很快就會消失。我伸出拇指啟動機器，它閃出強烈的綠光，人型 Apple 被綠芒包圍。

即使是我也不知它會變成如何。我只知道Apple是極佳的精神容器，大概她在小時候開始對所有的悲傷都以幻想殺人進行排解，漸漸地成為習慣。這種習慣讓她儲蓄了巨量的負面精神，她不像局外人的狀態，而是以正常人的姿態鯨吞負面能量，正是這些能量，讓她體內的原形病毒畸形成長。

當初我知悉Eric與全知部的十五年之約，便瘋狂找尋可以培育病毒的宿主。為了測試Apple的情況，派出軍員試探。今天終於走到這步，讓她的性命成全大義。

這就是社會武器最終形態——神知眼。

綠光盡散，她的手貼耳高舉、腳直伸，皮膚被割成無數方格，它們從腳尖開始逐一翻轉，直到指尖。翻轉的方格湊出巨型的單眼。從腳腕到手腕是眼白，從肚皮胸脯是眼珠。最怪異的是，大黑眼珠是由無數的小黑眼珠組成。如此巨眼彷彿有千千萬萬的目光。

我忽發奇想，如果它如神存在，應掛於天空，彷彿是天啟之眼，目光宛如審判人間的閃電。

某職員指著旁邊的紅色按鈕問：「甚麼來？」

「Reset。」我答。

「神知眼的reset？」他問。

「不。神知眼一旦啟動就無法關閉，而且你也不會期望它關閉。reset是指社會的reset。一些人被自燃了、消失了，人就會有恐懼、悲傷、憤怒，神知眼除了能自行運作，清除精神能量異常的人，還有全知眼沒有的功能，就是reset。神知眼像一個終端機一樣，能控制和感應帶有病毒的人，Reset就是記憶控制系統，可以消除與自燃、消失相關的記憶。」我頓了頓又說：「為甚麼Frank急著培育出最終形態，是有原因的，他明白到記憶的可怕。」

「別人殺了我的父母，因為『記得』所以會去報仇的意思嗎？」職員打比方問。

「是呢。所以聖堤國一方面用全知眼排除精神能量異變的人，另一方面運用神知眼篡改記憶。既能排斥潛在的社會炸彈，又能穩定人心。」

來吧！新社會！

我的食指在紅色按鈕上輕輕一按。

二十二 G：接力試

兩年後，2057年。

我叫Galen，今年15歲，就讀聖堤國官立中學，這所學校落成28年，期間不斷擴建。聖堤國的教育非常簡單，官立幼稚園、官立小學、官立中學、官立大學，每個階段全國只設一間學校。

那時我還是剛升中一的小鬼，全國都出現不計其數的變異種烏蠅，還說是新病毒的帶菌源，死了很多人，像瘟疫一樣。所以衛生部門來到學校，替全體師生免費接種疫苗。

全國的神經一下子繃緊。只要聽到嗡聲，專殺烏蠅的噴霧就成了新寵兒。

烏蠅很討厭，如果可以集合七星珠向神龍許願，我會讓烏蠅絕種。

我掩住口小心地打哈欠，免得倒吸的氣流將一兩隻不速之客扯到咽喉。

「……早、早晨！」路口遇見我們同班的女同學。

「Halen早。」我對她笑說。

「Isaac呢？」她左顧右盼，想找我的損友。

哎哎，說起他，他就現身了。

「Ga——len!」是我的損友，Isaac，他盯著我的前額，大叫：「哇！G兄，你的額前！有烏蠅！」

「不要用劍。」我木訥接話，他順口直落：「用黑他死啦！」說罷從身後伸出烏蠅噴霧，朝我的前額直噴，冰冰的點露打落，額上反出濕芒，那隻討厭的烏蠅就打轉地墜落。

「Yeah wo，烏蠅已死！」Isaac激昂喊，我便懶洋洋地接：「人類當立……」

「不行！你要興奮點！」

「人類當立！Yeah wo！」我努力擠出興奮，不滿足Isaac的話我會被他煩死。

「噗——」Halen看著我們的鬧玩，都忍俊不禁了。

「嗨，小H！」Isaac似乎忘記她的存在，突然的高呼令她非常尷尬。

「……兩、兩位，今天也很精、精神……」小H是班上很靜和內向的女子，我倆有時會刻意製造輕鬆的氣氛，讓她歡顏，比如剛才。

唯一失策的是今天我說了這句話：「小H，下午是班際『接力試』我們要加油……」此時Isaac的肘撞打斷我的話，我才驚醒這是小H「障礙」，於是改口：「呵呵，盡、盡力就好。妳看我跟Isaac只有肌肉發達，我們會補……」

「鐘聲響啦。」Isaac拉住我催促，在我耳畔斥責：「講多錯多。」

「小H，班上見。」我回頭大呼，那瞥回眸讓我內疚，她不知所措的垂頭，停下的步伐，寫滿抗拒回校的想法。

聖堤國官立中學，不斷擴張，每級均有幢獨立的大樓，一班一層，內有絕頂的設施，像溫泉浴室、健身室、VR格鬥場、舞廳等。全國的中學生只能入讀這所學校，所以全校的學生數，亦是全國的學生數目。全校共師生加起來只有近2500人，以中三級為例，全級共有20班，每班8人。

「各位同學，聖堤國雖然是小島國，前身是洋國，聖堤國建立初期有1000萬人口，國家控制人口後，現在只有50萬人。現在重新規劃聖堤市，人口急劇下降後，出現了不少空置的單位和大廈，由於要拆卸大量空置的高樓令重建進度緩慢。」講解社會課的老師十分蒼老，他只讀出教科書內容，悶到一個點，不像會教書的料。聽著聽著就找周公下棋去……

「哎呀！」我的頭頂被痛擊，不用說一定是老師的粉筆子彈！

「Eric老師！打瞌睡而已，不用每次都甩枚粉筆吧！」Isaac吵嚷，看來睡著的不只是我，呵呵，朋友一起落難心情特好。

「對呀，老師你以前陀槍嗎？你射粉筆的技術比教書的好太多！不如你教我們玩槍！」我趁機添亂。

「我會嘗試教得有趣點。只是你們兩個，才八人的班，也敢睡著，當我死的嗎？」

「豈敢！」我跟Isaac異口同聲，Isaac先來一句：「老師你風流倜儻。」我吟詩般接下一句：「無數學生迷倒在你西褲腳下。」Isaac續說：「只是迷下迷下，就真的倒下了！」我續說：「倒下時周公來了扇我們兩巴。」最後Isaac無賴地畫上句號：「周公他說：Eric老師實乃人間絕品！不好好學習來找我幹嗎？你看連周公也幫你說話！」

全班沉默無言，除了小H會賞臉地「噗哧」地笑著。

「你兩隻小無賴……」Eric搖頭嘆道，唇卻勾起祥和笑容，心裡欣慰，對他來說學生的無聊和稚氣，異常無價。有時他會出現幻覺，將劉螢的身影與這兩隻混世魔怪重疊，他知道這是他的慾望。如果劉螢生於這個時代，有多好啊！

「老、老師。」小H膽怯地舉手哀求：「那個、可以原、原諒他們嗎？」

有人求情，也給Eric下台階，他道：「好啊！就我剛才教授的內容提出一條問題，做不到的話今天就留堂……」Eric的話未盡我就「好」一聲發問：「為甚麼聖堤國的人口由1000萬一下子跌到50萬呢？按道理，人口不會突然急跌，又沒有戰爭發生。」

Eric臉色焦黑，彷彿我問了些難以解釋的問題。突然老師開始收拾：「今天時間差不多，早十分鐘讓你們準備待會的接力試，加油。」我不解地瞄住老師，明顯回避提問，他知道我望住他，笑了笑拿起帶來的殘藍筆記簿說：「學問就是學習提問的過程，既然有疑問就得親手解決。世界上有很多為甚麼都是沒有答案，但一定有其原因，不動腦袋就要生鏽呢？」

可惡呀，拋下耶穌文就閃人。我剛才的話很難回答嗎？我牙癢癢之際，Isaac就拉住我到男廁更衣：「接力試，別拿最尾，否則小H會非常自責。」我穿上運動服問：「所以呢？我跟你要爆seed？」

「明知故問。我由上個月開始，就天天健身，為的就是今天的接力試。」Isaac一邊吼叫一邊拉開門，我倆步出後瞥見在走廊跌碰的人影。「糟了，被聽到？都怪你大嗓門。」我懊惱地說，矮小瘦弱的身影沒看錯，應該是小H。

「路過而已？」Isaac真是神經大條。

來到室內運動場，各班已經開始熱身，經過A班的區域時便聽到他們大放厥詞：「今年我們又可以輕鬆奪冠啦？」

「對啊，B班有個超級拖油瓶，即使有兩個肌肉發達也沒用吧！」

我倒不在意，他們只是陳述事實，但Isaac就兇狠地瞪住，讓他們適可而止。轉過臉走回班上，滿不在乎道：「小H，別聽狗吠，盡力跑就好。」

「對嘛小H，我跑第一棒，會幫你爭回時間，妳輕輕鬆鬆地跑就好！」班上另一位女同學說。

「小H拿點自信出來。就像這樣：等我殲滅你班蟻民！」另一位同學搗蛋說。

「好、好……」小H知道大家關心她，所以裝作勇氣滿滿。

此時不速之客來到。是A班的麻煩人，暫且叫他煩人甲。

「哎呀，真熱鬧呀？」他甩了甩自以為帥氣的劉海，又道：「我班不但要勝，還要勝過你們兩個圈！」

「真敢說。」我跟Isaac率先攔住煩人甲，不能原諒踩上門的惡人。

「怕啦？也對，班裡有件廢柴，換著我就早早投降。」他又惡心地甩起前髮。

「嘖。」這話對準我跟Isaac的尊嚴，我倆異口同吼：「比就比，怕你有毛！」

「說，比甚麼。」

「A班比B班多跑兩個圈。」

「哼，自大。我們會輸，不意外。想贏兩個圈？發夢！」Isaac氣得七竅生煙。

「A班輸了就給老子在全級面前向B班跪地認錯！」我直截了當地開出條件，他們辱了小H，必須賠罪！

「好！」煩人甲爽口答應又開出條件：「你們輸了，Isaac就得做A班的跑腿一個月！」

「呃？」我詫異叫，原來他的目的是羞辱Isaac？

此時小H跌碰上前，阻止我們：「不！不、不要，Isaac……」

但Isaac不理，迅速答應：「好。」轉身望著慌張的小H，拍拍她的肩，神氣道：「放心。我不會輸，妳也不會輸。盡力跑。」

哇！靠！Isaac帥到一個點。

忽然兩隻烏蠅忽然撲向Isaac，他口中喃喃：「心情好差，還來纏住我！」烏蠅被他當成出氣袋，一聲拍掌便當場了結。

「哎呀？烏蠅好似又多了？學校四周都設了電網，烏蠅應該飛不進來？」同班同學問。

「可能在學校出生的烏蠅。」另一同學拉著筋又道：「啊，差不多開始了。」

「接力試」是每年兩次的強制性級際活動，雖叫「試」但非考試的「試」，而是試驗的試。事實上這個活動沒有評分準則。8 x 400的接力跑旨在融合班上的氣氛，沒所謂的獎牌和名次。因為學校考試不作評分，更沒有成績名次和精英班，所以學生私下都以這「比賽」來分高下，大家互相劃分強弱。

究竟是制度讓人產生優劣觀，還是優劣觀令制度產生。明明不是分高下的接力試，我們卻執著，尊嚴？好勝？還是單純滿足優越感？歷史上所有災難的源頭都是這種執著嗎？

我的迷思隨起跑的「呯」聲終結，目光放回場上的第一棒，我班派出的女將巾幗不讓鬚眉超越A班的男將領先第一，棒交到第二位同學手上……

觀戰的目光慢慢收回，悄悄地落到身前的小H，她雙手合十似為戰利祈禱。我們不能在接力試勝過A班，但賭局不能輸！這想法貫穿全班。

棒交到第三位同學，B班在頭三名裡游走。第六位接棒的要準備就位，我班六棒的是小H。

我跟Isaac望住出場的小H，淡淡道：「你一直想勝出吧？接力試。」

「難道你不是？」

「呵，我們都是滿腦熱血的肌肉人。不過也是沒辦法的事，她也不想。」

「我知道。」Isaac也有認真的一面，又說：「所以她應該非常難受，明知我們想勝，但無法正常地參與。我不想讓她成了累贅，這是渴望勝利的原因。」

「兄弟，同解。」我看著她跌跌碰碰地走到起跑線，目光落到她白色的波鞋，接過交棒，那雙波鞋動起來，以競步的速度移動，漸漸地波鞋離開地面，開始跑起來。

「不，太快啦！」Isaac咆哮，拉住我離開觀眾席：「阻止她，會病發。」

我的「好」聲剛脫口，便聽到小H「啊」慘叫，我看到了，我的確看到了。同是六棒的煩人甲，竟伸腳絆倒小H。小H趴在場上，接力棒滾到煩人甲腳邊，他裝作不知情，繼續跑，狡黠的腳尖悄悄勾開接力棒，棒子一直滾，滾出場外！

「小H！」我急忙衝過去想要幫她，她卻含住泣聲阻止：「別過來！我不要輸！不、不要輸！我會跑完、我一定要跑完！」她甚少堅持，柔軟派的她像這樣的堅持是第一次。我被她的情緒感染，腳在場外剎停，沒錯，只要我踏進去就算犯規，我班直接落敗。

咦？沒錯，犯規啊！剛才煩人甲明顯是犯規！對！跑開衝線棒的煩人甲竟轉到六棒來！難道A班早有預謀？

「你盲了？看不見出術？A班犯規了！你怎麼不吹罰？」Isaac跟我想法相同，已經抓住裁判老師理論。

裁判的目光只注視運動場，冷淡解釋：「A班沒有犯規，是B班掉落了接力棒，A班只是在跑的過程踢上接力棒。」

「吓？」Isaac流氓式咆哮：「他故意踢開接力棒，你腦生蟲？遠處的觀眾席都看到！別跟我說你看不到！」

「看不到。」裁判肯定得無恥，續說：「同學若繼續騷擾裁判，B班將被取消資格。」

「吓！」Isaac黑道般的吼叫，惹來A班集體的恥笑，剛跑完一圈回來的煩人甲率先道：「呵呵呵，對！取消他們資格就對！明明自己絆倒就推到我身上。」

「即使認是我們做，你又能如何？你註定要替我們當跑腿。」A班的女同學翹起腿說。

「老師你聽到了，A班認了是他們所為，你該判罰。」Isaac強忍被辱咬牙說。

「我甚麼也沒聽到。」裁判老師木呆地答。

「你！」Isaac的氣忿惹來A班瘋狂的嘲笑。排山倒海的狂笑令我們瞬間明白，裁判老師被收賣了。

熱血的Isaac緊握拳頭，無法接受的情緒化做正義之拳！

「Galen！拉住Isaac！」Eric在大樓的走廊上大叫」，我像接收到命令的機械人，火速跑上攔住用臉接下Isaac的鐵拳。

「呃……」硬吃Isaac的拳就像被西瓜重擊，血腥味在口腔翻滾。

「喂，你！」Isaac急撤回手，扶住倒下的我，我向他的蠢臉大吼：「犯傻？打裁判B班直接輸掉！小H也未認輸，你生甚麼悶氣。還有打老師會被趕出校！他們——」我指著A班，怒吼：「這堆垃圾的目的是踢你出校，醒醒啦！」我猜，同為體育健將的煩人甲受不了頭頂上有Isaac，想要稱霸全級，就得趕盡障礙。

煩人甲還想在傷口上撒鹽，卻急急閉口，回望，是Eric老師趕來，怒視A班，他沉著氣指令：「Galen做得好。小H已經捱了一圈，已落後一圈半，下棒輪到你，趕快就位。」我猛點頭就去接棒區準備。

「你。」Eric示意Isaac跟他走，狠斥：「給我完成自己一圈，然後再來找我！我應該教過B班，要生存就要學懂忍耐。」

「怎可忍！」Isaac怒炸。

「我是你的老師。我不會害你。若然你還是想撻A班的，自便。只是小H忍受的不比你少，她心臟病的事人人皆知，她知道每年的接力試都是她拖累大家，勝負重要，但完成接力，不要浪費她的努力不是更重要？」Eric知道Isaac最受這套。

「嘖。」果然他抓抓頭，調整心情後就跑到接棒區，準備最後一棒。

即使輸也要全力以赴。

即使被欺負也要咬緊牙關。

這不是懦弱，而是生存之道。

Eric老師的話在腦縈繞，當我將棒交到衝線棒的Isaac手上，場上已剩下我跟他，所有班都衝線了。他跑得超快，場上孤單的他，在飛馳。不過即使火箭也改變不了我們早已落敗的歷史。

他衝線了。氣喘地踏上終點線。

小H拿住Isaac的水樽上前，但她走到一半就剎住，彷彿在考慮應該要說甚麼，她呆呆地看著Isaac走遠，他沉重的背影、忿忿不平的影子，倒影出他真實的心。她看穿了，所以停下來，抓著自己的心臟，像打樁一樣地跳動，像針刺一樣的疼，是她的錯，是她心臟的錯！她握起拳頭捶向心胸，是你的錯、是你的錯！

Eric觀望全局，屈指一數，喃喃：「今次接力試要淘汰的是三個，還是四個呢……」

「甚麼三個四個？」Isaac按Eric剛才的吩咐，完成接力就要找他。

「其他的人已經沒辦法。你應該還可以。」Eric的話Isaac全不明白。

「Isaac。這活動叫『接力試』，不是考試的試，而是試煉的試。接力試就似社會適應者的試煉，是判斷你們可否成為人的資格。」Eric對他慈笑：「也許你很快就會忘記這番話。算吧，回到班上吧。」

Eric舒口氣，看著Isaac疑惑得皺成一線的眉，心裡祝福這孩子，他不滿的事和人自有定案。嫉妒、自卑、貪婪……在這個宜居的城市裡，不能存在。

Eric眨了眨眼，Isaac眨了眨眼。

「我們剛才談到那？」

「好像叫我回到班上？」

「好像是，那你回到班上吧。」Eric一邊說，一邊看著三隻從走廊飛過的烏蠅，口中喃喃：「又有三隻嘛。」

「真不明白，全校都是電網，這臭東西究竟怎樣飛進啊！」Isaac嘟囔著。

「是在學校出生的烏蠅吧。」說罷，Eric又轉身離開。

聽得Isaac一頭霧水，他轉過身走回班裡，他看著我們，我們看著他，我們眨了眨眼。

我眨了眨眼。

「他們說要慶輸宴。」我失笑道。

「輸了也要慶？」Isaac一樣失笑。

「明明有Galen和Isaac，我們班也只需接七棒，想不明白我們為何墊底啦！嘻，像這樣的神蹟真的要賀賀！」同學說。

「就是。A班也是7棒，他們卻拿下第一。我們呢，我們包尾了。太神啦！」女同學附和。

「嗯，我們怎可能輸？奇怪我們究竟是怎樣輸？」我苦惱地抓頭，想不起運動場上的事。

「找裁判老師問問好了。」Isaac看穿我的煩惱，但他的建議旋即被女同學打散：「唔？今次的接力試沒有裁判呀？」

「對呀。」另一男同學接話：「今天接力試開幕時就宣佈不設裁判。」

「好像是這樣。呃……我都徹底忘了。」Isaac恍然大悟。

我望望Isaac又望望吵鬧的同學。我無法反駁他們的話，因為全是事實。只是腦裡的片段，非常實在，實在得毫不違和。

算了，反正怎樣也不重要，開開心心就行了。

二十三 螢禍

蠅患。

鋪天蓋地的烏蠅。仰望有一群飛過，輕輕扭頭，臉頰也被十多隻烏蠅撞上。如果我說打個哈欠，會吸進幾隻到口也絕不誇張。蠅患是近幾年出現的情況，路上行人也十分疏落，大家都被烏蠅嚇怕才不外出吧？

很髒！

美好的城市被骯髒生物污染了！雖說政府每星期都會進行滅蠅工作，但清理的速度不及牠們滋生快。

說罷又有幾隻烏蠅在手背降落，狠狠一拍，連殺三隻。其餘的烏蠅看到同伴被殺，集體向凶手飛撲，Galen大吃一驚，急忙取出便攜式的藍光滅蠅機，放肆的烏蠅群便被燈光吸過去，連連的「嗞嗞」、「啪啪」，把牠們電死，微細的爛肉味滾成巨大的陣臭，侵佔鼻腔。

「別殺了。如此巨量，殺不完。」身後傳來年老的男聲，扭頭望，是經常提著藍色筆記簿的Eric老師。

「很煩人！甚麼蠅患，已經是蠅禍啦，我快被嗡嗡聲搞瘋！」我沒聽取勸告，舞動滅蠅器，「嗞嗞嗞」又殺一批。

「螢禍……」Eric臉露難受，咬咬唇，似有千言萬語壓在唇邊。他受夠了，所有人都斥罵著劉螢所創造的世界，明明她如此努力，真的創造了一個只有開心，沒有衝突的社會，只是烏蠅稍微影響了人的生活，大家就罵著、斥著……之前他一直抑制著，說服自己，別聽他人的評價。但當他聽到自己的學生Galen斥罵時，Eric終於忍不住替劉螢辯解，希望Galen理解她作為「戰俘」的「願望」：「有一個小女孩，她在苦難的時候，誰也沒有伸出援手，只能向神禱告，得到救贖，但一切只是妄想。所以她成了那個神，把那些該死的人通通退化成烏……」

突然Eric就不說話了，他蹲下擠壓小腹，痛苦得五官扭曲。

「咦？」難道是肚痛？看他表情，比較像穿了羊水快要生孩子的狀態。Galen正想撲前慰問，他卻眨了眨眼。

他眨了眨眼。

「啊？我怎麼了？」Galen擦擦眼皮，他心想：剛才我究竟在看甚麼？非常用神嗎？剛才不是有人跟我說話嗎？

眼前竟有本殘藍的筆記簿懸在半空？

「噠」，清脆聲把Galen拉回現實。

筆記簿掉到地上。

「是誰的失物？」Galen撿起本子，翻開首頁，秀麗四字「劉螢筆記」。

「哈？筆記簿？甚麼時代啦還用這種東西。對了，會不會是把名字寫上，那人就會死的筆記！」Galen滿懷惡意地將本子帶走。

二十四 自燃與 1000 萬

「喂！Galen！午飯你跑去泡妞嗎？呵呵，我看看……」Isaac 擠到我旁邊，把我正在看的筆記簿搶走，又說：「你壞了，泡妞也不叫我！這分明是美女的字跡！」

我對他翻白眼：「如果字美都是美女的話，你老媽也是仙女。」

「哇哇哇！有女，朋友都要踩啦！」

「甚麼女？這是撿回來的……」

「哼哼，別詭辯啦！我知啦，你吃了事後煙的事我會替你保密半小時。」

「黐線的嗎？」救命啊包丞大人，我要學漫畫裡的主角召喚式神，然後召喚包丞，將冤案推翻！

「喂喂，Galen。這究竟是甚麼？你女友的 FF 小說簿嗎？」Isaac 難得講人話，我蠻好奇問：

「怎啦？」

「看看這個。」他指著某段文字。

〈劉螢筆記〉其之七

直到現在研究還有一個盲點。就是為何全知眼要引發自燃？正如我之前理解，全知眼的最終目的不是讓人自燃。直到今日我終於明白，神知眼（最終形態）必須透過全知眼完成，預計Apple或Coco 的犧牲可製造神知眼，而全知眼的運作為亦進入最真實的一面——將人類的基因退化。

如果神知眼是像終端機的存在，那麼人體內的病毒疫苗就是分派出去的納米機器。精神異變時，納米機器會向終端機發出訊號，隨後在人體輸入刪改基因的程序，人類基因退化才會出現。

這種非人道的做法必定招來討伐，考慮到這點，神知眼未能完成前，全知眼的自燃就是掩飾人類基因退化的程序，避免在群眾的目光前變成其他生物。畢竟人類可以接受到以人類姿態被燒死，但接受不了以異樣生物生存的結果。

因此神知眼的最終功用，是修正記憶，通過終端機和納米機的關係，神知眼會對所有突發基因退化的人類的關係者及目擊者，進行記憶修正。

〈劉螢筆記〉其之八

提出另一假設。「基因」是源於病毒，來自「逆轉錄病毒」——RNA病毒的一種。將遺傳的訊息儲存在RNA中而不是DNA中。實際的運作大概如此：病毒注入人體後，RNA的病毒會將自己逆轉成DNA，然後將這段逆轉錄的基因插入細胞基因中，篡改固有的DNA。

打比喻的話，就像潛入國家的「底，為了將敵人殲滅一直隱藏身份，直到某日大叛變，甚至將別人國家的制度篡改成自己想要的制度。

結論病毒可能是「逆轉錄病毒」的一種，透過RNA進行基因退化。

「科幻到一個點……」我咋舌：「明明是筆記，但真的似小說啊？是筆記體的小說嗎？」

「對吧，原來我未來的嫂子是大作家！」他又趁機陷害，我想開口還擊時，魔鬼繼續把持話語權：「哇，你看看，這部分才妙想天開。」

我邪笑：「哇，你竟然用成語。」

「別嘈，看這裡。」他指著較前頁的內容。

〈劉螢筆記〉其之九

是甚麼讓社會出錯？

我們為何敗給時代？

空間。

成長的空間，生活的空間，自由的空間，住的空間，走路的空間……

像抬頭的天際線。

空間不是因為地太少而是人太多。

1000萬人。

1000萬人的競爭，1000萬人的磨擦。

今日我選定了兩位光之代，為了未來她們註定死亡，放心，我會讓1000萬人跟我們這批戰俘陪葬。

「1000萬人是甚麼概念？」我被這個數字嚇呆。

「是現在20倍的概念。」他認真地答。

「聽說以前洋國是1000萬人啊？」我忽然想起。

「啊？如果這個故事套在我們國家來看，從前1000萬人，現在50萬人，有20倍的人是基因退化了嗎？」他翻著筆記又說：「這本東西還真是FF全開。」

「想看就拿去看。喂！老師來了！快回座位。」

蒼老的女老師打開社會科課本，問同學：「上午講到哪頁？」

「重新規劃聖堤市。」我們答。

「嗯嗯，各位同學打開第十七頁。」

唉，好悶，她的課悶到一個點。

捱不了。

偷溜到走廊透透氣。

「這是甚麼？」

我的臉皮抽搐。

——I'm human

究竟是甚麼東西。

結 牠的世界

牠飛起來。

在千萬的黑點中飛出，黏到某西裝男的肩上。

世界，成了緊湊的直線。樹，由無數的短、長直線組成；路，也是一排排密集的線；雲，直線；山，直線；車，直線；人，直線。

世界，除了黑白，還是黑白。

單調無聊。

牠忽然想，也許這才是世界本貌。

為甚麼牠會變成這樣？或許是牠說了不該的話？

西裝男人駕駛私家車來聖堤國北部，經過保安設施，牠隨男人來到全知部的總部。

牠飛到升降機內，在最頂的樓層飛出，然後爬呀爬呀。

是不是這裡？

牠開始濛糊。

人的五官也是緊密的直線，誰也不是誰，牠找誰？不斷盤旋，飛到某間怪室。

室中只有一張直線的床和一個直線的人。牠飛到直線的人頭上休息。

「想不到會有烏蠅來探望我呢。」直線的嘴笑𥅾𥅾地自語：「我以為我早沒親人。你是誰呢？」我從頭頂拈起小烏蠅，歉意地說：「小東西，你究竟會是誰呢？對不起，應該是你變成烏蠅的那刻神知眼已經把我的記憶修改了。我想不起呢……會記掛我的人。還是說你不小心飛進來啊？」

「大、大、大、大、大、大嬸！大事不好！」某直線人闖入。

「怎啦？」

「新聞說全國都出現『I'm human』的事件！」他又大喊：「可惡！為何全知部有烏蠅？太髒了！太髒！」他從腳上脫下直線的拖鞋，舉手直擲。

「不！」女聲阻止。

拖鞋在半空劃出弧度，砸到劉螢的手上。

眨了眨眼。

他們眨了眨眼。

「呃？大嬸，妳在哭？」小野猴問。

劉螢的淚滾滾落下，擦著淚河嗚咽：「啊？我怎麼在哭？」淚河像爆裂的水管：「真奇怪，停不了。」她看看手指上被壓扁的黑點，淚水著了魔。

※

聖堤官立中學。

「這是甚麼？」

凝視走廊玻璃窗上的字。Galen厭惡地撓頭，在褲袋掏出迷你的「黑他死」，朝玻璃窗直噴。由無數黑點湊成的「I' m human」，從玻璃窗上殞落。

※

身在全知部的劉螢點起煙看著的新聞報導：

「全國共發生三十宗『I' m human』的報告，政府正徹查惡作劇的來源。政府呼籲市民若遇上類似事件，應該徹底清潔，以免蠅患擴散。」

「妳會抽煙？」耳環男凝視報導畫面向身邊的劉螢問。

「不會。」劉螢夾住香煙抽了兩口又說：「我也記不起自己懂得抽煙。」她像抽煙新鮮人，不斷咳嗽。

「尼古丁不好。要不要換我那些試試？」耳環男笑語。

「耳環啊，我為甚麼會活到今天？」劉螢呼出一團煙說：「我這裡。」香煙指住心胸續道：「是不是有重要的東西飛走了？」

他瞄住她手腕上新鮮的紅痕，淡淡說：「妳的精神還未強大到承受報應呢。不是有句老掉牙的話，殺人前，要有被殺的覺悟。」

「I'm human 嗎？」劉螢古怪地笑：「算了。忘掉的事就由這場遊戲來填補好了。」把煙頭掉到地上，頓足兩下，獰笑：「因為摧毀所以和平。讓我們再摧殘一下可以嗎？社會。」

為甚麼呢？她喃喃自問，究竟為何淚流不止，她自己也不清楚。

後記

2017年獲得了天行賞的優異獎，直到2021年，這個故事終於有機會面世了。2021年的香港經歷了很多很多，2017年看這個故事時，或許有那「脫離現實」、「不可能會這樣」的感覺。可是現實比小說更荒謬，人類比故事人物更險惡。

2021年，想不到編輯部再次想起這部小說。我修改了原來的情節，主要是更改了世界觀，還有那偏門的人設。

修改時，我重讀了它。它記錄著那剛大學畢業的我，內心總有一種對世界、對社會的控訴，那種抑鬱的悶火，一層層地加疊，寫的時候，心情沈重，看的時候，心酸心痛。我這個年青人，那個年青人，大家的來路好像都雷同地，抱著對自身、對生存的疑問。

當年的故事，像預言式地上演了，或者這是烏托邦世界的歷史。故事可能有很多不足，或許會有不解，但希望閱讀的過程能夠給讀者新的體驗。再來就是寫作方法，因為故事的獨特性，所以放棄了傳統第三人稱、第一人稱的作法。故事彷彿沒有主角，但誰也是主角一樣，像社會上的你我他。文筆呢，因為中文系出身，總愛把玩一下句子，希望大家不會看得太過辛苦。種種閱讀障礙，像人性一樣，讀不懂解不透，無法看得通透。

五年了，人大了，開始追求幸福，當初銳氣都減了不少，重寫的話，我想給所有角色都有幸福的結局，生活都如此混沌了，看故事還是開心一點好呢！

沈傲雪

奇幻系 03

戰俘之逆

作者	沈傲雪
內容總監	曾玉英
責任編輯	謝鑫
書籍設計	Marco Wong
圖片提供	Getty Images
出版	天行者出版有限公司 Skywalker Press Ltd. 九龍觀塘鴻圖道 78 號 17 樓 A 室
電話	(852) 2793 5678
傳真	(852) 2793 5030
出版日期	2021 年 6 月初版
發行	天窗出版社有限公司 Enrich Publishing Ltd. 九龍觀塘鴻圖道 78 號 17 樓 A 室
電話	(852) 2793 5678
傳真	(852) 2793 5030
網址	www.enrichculture.com
電郵	info@enrichculture.com
承印	佳能香港有限公司 九龍紅鸞道 18 號中國人壽中心 A 座 5 樓
定價	港幣 $88　新台幣 $440
國際書號	978-988-74782-5-6
圖書分類	(1)流行文學　(2)小說／散文

Published & Printed in Hong Kong

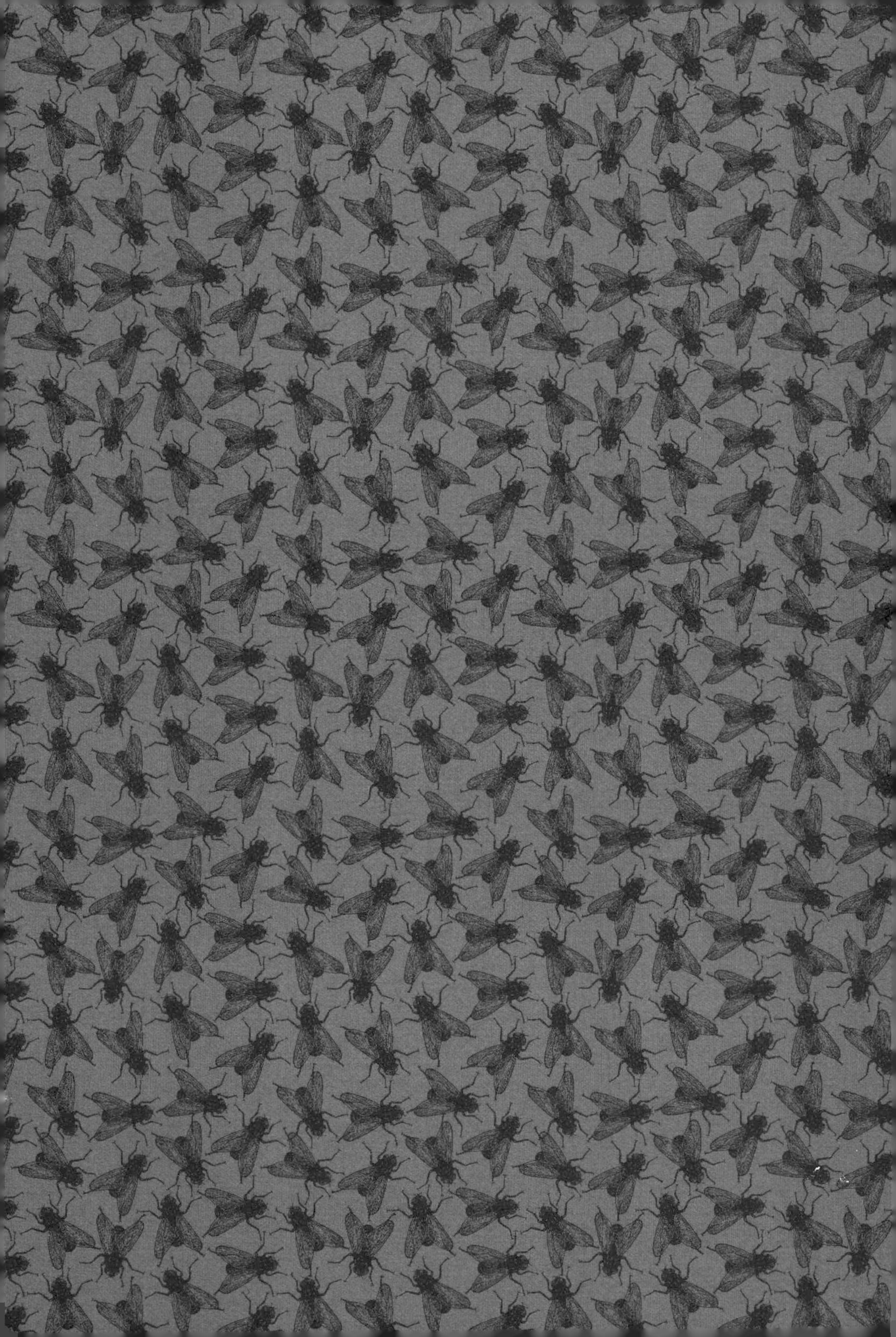

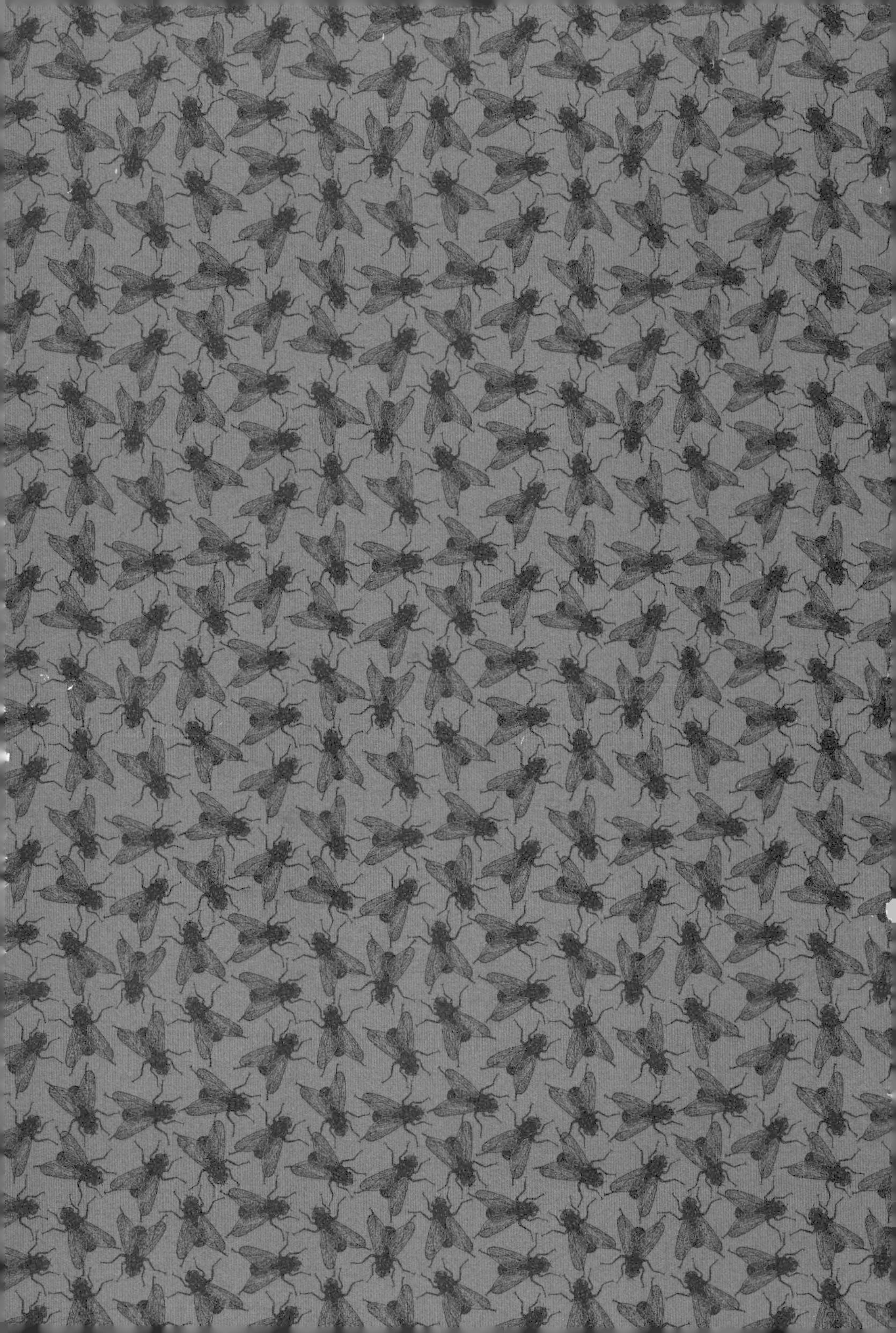